最高外語學習法

用100天3階段，打造出專屬你的語言上手體質

孫美娜 著
曾晏詩 譯

【推薦序】

只有透過語言，才能看到人類靈魂的深處

作家／哲學踐行者　褚士瑩

當我在閱讀韓國作者孫美娜的《最高外語學習法》時，剛剛離開阿根廷的布宜諾斯艾利斯，到達巴西里約熱內盧的海邊，過去二十年來幾乎每年都會回來小住的地方。

我為了到南極旅行而在阿根廷的這三個星期，剛巧也跟同行的親人認真討論到，是不是應該另外花一、兩個月的時間，租一間公寓，好好地住在當地學習「阿根廷西班牙語」。

所謂的阿根廷西班牙語，跟其他西班牙語系國家的西班牙語很不同，基本上只在阿根廷和烏拉圭的里約熱內盧地區使用，有時也被稱為「里約熱內盧西班牙語」，無論在詞彙和語調上都深受義大利語的影響，比如阿根廷人說再見時通常

會說「Chau」，就是源自義大利語的Ciao。發音上也很不同，比如所有「ll」和「y」的發音，在阿根廷都會變成「sh」聲。阿根廷語還從克丘亞語和瓜拉尼語等原住民語言中借用單詞。除了獨特的發音外，阿根廷西班牙語還具有自己的動詞變位，以及許多獨特的俚語。

我有個從小生長在阿拉斯加偏遠離島上的好朋友，是一個職業薩克斯風手，因為著迷於探戈音樂，在阿根廷住了八年，他的西班牙語也全是在阿根廷學來的，但當他搬到也是以西班牙語為母語的哥倫比亞時，卻讓哥倫比亞人感到錯愕，因為一個美國白人為什麼一開口，卻變成一個阿根廷人呢？但是很快地，這也變成了一個他強烈的個人特色。

如果我再回到阿根廷long stay，學習阿根廷西班牙語，最主要的原因應該不會是為了實用，而是作為一個哲學踐行者，一種重要的思考練習。因為就像孫美娜在書中說的：

> 學外語相當於熟悉「另一種思考體系」。如果學外語能讓我擁有與自己熟悉事物截然不同的「新思考方式」，那麼我看這個世界的觀點就會改變。

如果學習阿根廷西班牙語，我就更能夠從日常語言的使用中，理解阿根廷人的思考邏輯，在什麼部分更接近義大利人，在哪些地方更接近印地安原住民，而哪個面向則是主流南美洲人的思維方式。

只有透過語言，我才能滿足想要真正看懂阿根廷人靈魂深處的好奇心，而對人充滿好奇心，正是做好哲學諮商師一個重要的前提條件。或許有人會說，好奇心真的有那麼重要嗎？

那我來說一個缺乏好奇心的例子吧！這次在暌違將近三年後，回到我心愛的里約熱內盧海邊叫做依帕尼馬（Ipanema）的社區，是的，就是有名的〈依帕尼馬的女孩〉（一九六二）這首歌的場景，實際上，我就住在安東尼奧・裘賓（Antônio Carlos Jobim）寫下這首歌時的街角。但很意外的，有一、兩次在街上感受到在地老人家針對我有些不友善，這是很不尋常的，過去二十年來幾乎每年回來小住，從來沒有這種感受。

謎底在有一天去健身房運動時解開。由於當時運動的人多，健身器材必須共用，健身房中我照常是唯一的東方面孔。因為在健身房時我們都用簡單的巴西葡萄牙語互動，所以當和我共用器材的當地老先生，後來發現我跟櫃台員工說英語時，感到很驚訝。

「你不是巴西人嗎？」我笑著搖搖頭。

巴西北部聖保羅確實有很多日裔巴西人，老先生應該是以為我從聖保羅來的。

「但你肯定不是中國人！」老先生斬釘截鐵地說。

話匣子打開了，他才告訴我，最近有一家叫做國家電網公司（National Grid）的中國政府企業，收購了巴西主要的電力公司CPFL，擁有二十個水力發電廠，控管了巴西一半以上的電力市場，同時還意圖大量引進上萬中國工人在巴西新建大壩，造成不少反彈。這家中資公司從中國外派了管理階層六十個中國家庭，去年開始突然落腳包棟住在Ipanema社區裡面，但是他們從來不跟當地社區往來互動，也不學習葡萄牙語，用高高的圍牆跟森嚴的守衛，把自己隔離起來，完全過著封閉的生活，彷彿假裝圍牆中的自己還在中國似的，對於Ipanema熱情好客、愛國而且富裕的中上階層巴西人來說，這種傲慢的態度是一種對他們心愛社區的傷害和侮辱。

我這才意識到，這兩天在街上，可能被認為是這六十個中國家庭的成員之一，所以被當成出氣筒了。

我不生氣，這些中國政府企業的代表，應該也不是故意的，只覺得這種中國官場文化帶給當地的誤會和不適，讓人悲傷。更有可能的，是這些從中國外派到巴西的家庭，對於學習新語言的恐懼。

恐懼什麼呢？我同意孫美娜說的，很多人渴望挑戰卻無法接受挑戰學習外語的原因，多半並非能力或現實條件不足，而是因為對於「失敗的恐懼」。難道勇於挑戰學習外語的人就無所畏懼嗎？也並非如此。邁開腳步走向未知的世界，或走在他人不願踏上的道路，抑或挑戰自己的極限，這些事任何人都會害怕。只是付諸實踐的人帶著「失敗也無妨」的想法，會有這種正面的心態源自於他們相信凡事皆有各種選擇。

是的，我們的人生都有各種選擇，即使同樣是學習西班牙語，也有各種方言可以選擇，阿拉伯語、中文、英語，何嘗不是如此？所謂的「全球化」，不能只是用錢收購外國企業，或是使用AI來進行機器翻譯，因為每一種語言（甚至每一種方言），都濃縮了各式各樣的社會和文化要素，無論是AI還是鈔票，都不可能把被語言支配的人類思想，完美地翻譯出來。

每個語言都有其誕生和發展至今的文化、歷史背景，所以單純只用機器轉換時，就會很常遇到各文化圈之間，文字相同，可是想傳達的意義和感覺卻截然不同的狀況。我相信「外語的力量」指的並非流暢地說著其他國家的語言，而是一種「正向、輕鬆自在的心態」，幫助我們從根本的想法上，讓國界、恐懼和歧見消弭，對人、文化、世界充滿好奇和愛，否則學習外語，頂多也只是帝國主義殖民時期的延續變形而已。

關於褚士瑩

一個從小就喜歡到世界盡頭去旅行的國際NGO工作者。用哲學思考世界上各種戰爭、貧窮、難民、移工、歧視等複雜的問題。著有《別慌，一天只做三件事就好》《看見自己說的話》《我為什麼去法國上哲學課？》《我為什麼去法國上哲學課？》（實踐篇）《野蠻生長》《企鵝都比你有特色》《誰說我不夠好》《55個刺激提問》等作品，以上皆由大田出版。

用100天打造屬於你的語言學習系統

在全球時代下，擅長外語會成為自己最大的資產，也會為自己開拓各種機會，因此持續關注和學習外語很重要。本書有系統地告訴讀者該如何接觸和學習外語，尤其作者的100天計畫對於打造專屬自己的外語學習法非常有用。

——Michael Kim（Google for Startups 亞太區總監）

如果有人希望我給語言學習建議，我一定會送他這本書

當我讀第一頁我就覺得很心動。身為喜歡外語的一分子，書中有太多讓我強烈感動的內容，讓我邊讀邊點頭。這是一本讓人能簡單又有趣地學外語的指南書，而且也能為想學外語卻沒有勇氣的人和想重新燃起學習熱情的人，帶來很大的力量。書中可以將孫美娜作家的「語言藏寶圖」一覽無遺，絕對不會讓人有「偷看」祕密地圖的感覺，而是「絕不藏私，全數公開」。如果有人來找我，希望我能給

予學外語的建議，我一定會送他這本書。因為書中除了學習的方法和資訊，也有作家作為人生前輩的金玉良言。無窮無盡的語言世界如果不曾經歷就不會懂，現在就輪到你拿著這份藏寶圖，邁向更寬闊的世界吧。

——**禹惠林（歌手，藝人）Wonder Girls成員**

和孫美娜一起展開未知的外語之旅

學外語就像旅行，充滿對未知的恐懼、悸動，以及興奮之情。現在就和孫美娜作家一起展開一場開心的100天外語之旅吧。

——**Alberto Mondi（電視名流）〈非首腦會談節目〉前成員之一**

本書將為各位介紹我長時間學外語時，
使用的寶物地圖。
願各位也能製作出屬於自己的寶物地圖。

序　學外語與否的兩種人生

「如果我沒學外語，那麼我的人生會有什麼變化呢？」

每當我如此自問，我都會感到一陣暈眩，這也說明外語對我的人生影響甚大。雖然即使不懂幾種語言，也還是能在生活中找到屬於自己的幸福，但是就經驗的廣度和深度，我比任何人都清楚，學不學外語的兩種人生根本無法比較。只要能打倒語言的高牆，可以走跳的舞台將從國內拓展到全世界，交友的選擇也能從五千萬人增加到七十億人，知識量或資訊量，以及能夠享受的文化選擇更是無限擴張。

每個人都一樣，被賦予的人生僅有一次，而極致享受人生的最佳祕訣之一，根據我的經驗，我可以毫不猶豫地告訴各位，絕對是使用外語的能力。因為外語能力能夠讓各位成為一個成熟且擁有包容力的人，而且也能展望比他人更遠大的藍圖，還能獲得幾倍之多的機會，逐步打造更豐富的人生。

人們稱我為「第一代斜槓」，而且時不時他們會問我「這麼早就當上斜槓，享受自由且多采多姿的工作生活的祕訣是什麼」。其實光是我決定要成為旅行作家的那時候，很多人認為一個人擁有多種職業是件危險且衝動的挑戰，但是不知從何而起，「斜槓」變成很多人夢想人生的代名詞，而「第一代斜槓」這個標籤也開始附加在我身上。

十年前，當我從KBS離職時，我當然沒預料到時代會如此變化，更非做好成為「斜槓」的打算。然而在適當的時機抓住眼前的機會，讓我有機會接觸各式各樣的職業，曾當過主播、作家，以及美國媒體《HuffPost Korea》的編輯和艾倫．狄波頓（Alain de Botton）的人生學校（The School of Life）首爾校長，到現在成為經營YouTube頻道的創作者。事實上，能夠不受國界限制，像進出自家庭院般地自由穿梭地球，和各式各樣的人見面，盡情享受精采絕倫的體驗，讓我過上這般生活的原動力正是「外語的力量」。

這裡提到的「外語的力量」並非指流暢地說著其他國家的語言，如果硬要解釋，它包含一種自信，也可以說是一種「正向、輕鬆自在的心態」。很多人渴望改變卻無法果斷挑戰，然而原因並非只是能力或現實條件不足，大部分的原因是因為「失敗的恐懼」。那麼這代表勇於挑戰的人就無所畏懼嗎？也並非如此。邁開腳步走向未知的世界，或走在他人不願踏上的道路，抑或挑戰自己的極限，這些事任何人都會害怕。只是付諸實踐的人帶著「失敗也無妨」的想法，會有這種正面的心態源自於他們相信凡事皆有各種選擇。

如果認為「我只有一種選擇」，那麼不管是誰都會變得急迫，甚至不敢將眼光放至其他機會，相反地，任何事都放膽嘗試，看起來就像會成功一樣的人，他們的祕訣是有彈性的想法，即使一件事情失敗，再挑戰另外一件事情就好。他們不是無所畏懼，而是即使心甘情願接受失敗，也要持續更多挑戰，提高成功的機率，但是要做到如此，得具備寬廣的視野。

即外語的力量。即使看起來不可能，但其實卻可能，即使失敗，還是有無數其他的選項，了解到不是只有眼前的事物才是我的舞台，讓自己鼓起勇氣，像原本困在水族館的小丑魚尼莫（Nemo）一樣奔向大海，才能在充滿從未想像過的機會和刺激的冒險的世界裡，發現新的希望和可能性，並且面對恐懼。簡言之，「外語的力量」就是當你需要跳入人生的某個階段時，讓你能夠只靠自己的努力找出邁向未來的出口及一道光芒。

夢想成為能夠信手捻來好幾種外語的老奶奶

對我來說在體驗如此驚人的「外語的力量」之後，生活中我還有一個不為人知的夢想，就是「成為能夠信手捻來好幾種外語的老奶奶」。隨著年紀增長，在煩惱究竟如何才能過上理想生活而快速流逝的歲月裡，我更常想，為了身邊的人和下一代，我還能做什麼。這是因為在我的認知中，能夠讓他們克服對自己不太有利的現實天花板，以及讓他們擁抱新的可能性的人生最強武器，就是「外語」。

在韓國小都市接受普通教育長大的我可以縱橫全世界，實現一件件我想做的事，認識無數不分國籍、年紀的朋友，累積無以計數的經驗，靠的都只是「外語的力量」，我希望在我年紀增長的同時，我能盡量將最多的祕訣和可能性分享給需要這份能力的人。無論是無法在寬裕的環境中成長的孩子，或是住在偏鄉的孩子，如果他們有想學的外語，我希望當我變成老奶奶，我也能教他們。而為了實現這個夢想，至今我仍積極等待每個能學習新語言的機會。

我們只需要攤開世界地圖仔細地看，就能輕易領悟到一件真相，就是這世界有多麼大。當大家把語言的高牆擊碎的那一刻，你就成為開始開船航向世界的船長。即使別人都說無法實現，但是做夢本身就有意義，一切的挑戰都有昂貴的價值。選擇在各位的手上，你想只是站在小港口的碼頭上，遠眺來來去去的船隻呢？還是親自駕駛自己的船，前往未知的世界探險呢？

這本書是我真心對想成為船長在大海航行，卻不知道方法或沒有勇氣的所有人的聲援，也是我邁向實現成為「分享名為外語的希望和可能性的老奶奶」這個夢想的一步。我毫無保留地在這本書寫下，我以近三十年來對外語的熱愛所習得的祕訣，希望各位都能藉此書喚醒一直以來沉睡在自己體內的無限潛能，大膽地划著槳，航向未知的世界，去體驗振奮人心的經驗，拓展屬於自己的人生舞台和宇宙。

目錄
CONTENTS

03
PART

100天計畫第1階段——打基礎

PART 04

100天計畫第2階段——培養實力

PART 05

100天計畫第3階段——獨自練習

06 PART

如果想享受未來的愉快冒險

01 PART

將人生的幸福最大化的方法

如果有人問我該怎麼做才能過上更好的人生，我會毫不猶豫地回答他，學新的語言。我可以有自信地說，我人生中做過最好的選擇，就是傾力學外語。

01 在人生中摧毀語言高牆會發生的事

「為什麼要學外語？」面對這個問題，中國阿里巴巴的創辦人馬雲這麼說。

「語言是文化。當人開始學習語言，也同時在學習該國家的文化。如果你能認同和尊重對方的文化，對方也會認同和尊重我們。這時候，大家才能一起共事。雖然我小時候從來沒留過學，但是我認為我比在國外留學的人更了解西方文化。因為我透過語言來學習文化。」

馬雲是出身貧窮的教師，如今他是中國首富[1]，亦是全球年輕人的導師。我一直很好奇他的背景是什麼，而在我看完訪問之後，不禁點頭稱是。他憑藉與眾不同的洞察力和對其他文化的尊重，從所有經驗學習且獲得成長的力量，那正是源自於使用外語的能

1 根據《富士比》中國富豪排行結果，截至二〇二〇年馬雲皆排名第一，今年（二〇二一年）中國首富則為鍾睒睒。

力。

雖然他從未在中國以外的地方學習，卻能透過語言的力量洞察世界的趨勢，看透對方，拉攏對方成為自己人，同時握住主導權，這就是馬雲的成功祕訣。如他所說，語言能改變很多事的版圖，不只是和某個人的關係或商業的成功與否。如果學外語，就能夠完全扭轉一個人的人生。當一個人學習一個、兩個新的語言，他就能拓寬他的宇宙，而有多少因此隨之而來的優點，多到難以細數。

我常對朋友說：「我無法想像如果今天我們沒有學外語的人生。」因為我很了解，透過語言我的人生可以變得多豐富。因此，如果有人問我該怎麼做才能過上更好的人生，我會毫不猶豫地回答他，學新的語言。我可以有自信地說，我人生中做過最好的選擇，就是傾力學外語。到底學語言能獲得什麼，我們的人生又會如何好轉？這個問題即使另外寫一本書也不夠，但是我盡可能簡略地整理，讓大家了解。

1. 更加了解「自己」

我想最先挑出來說的是「更了解自己」這點。正如馬雲所說，如果學外語，就能自然學到該國家的文化，然而還會有一份驚喜之禮，會額外地降臨在我們人生中。這份禮物就是讓我們更加了解自己國家的語言和文化。當我們開始認識陌生的文化，會產生一種鏡像效應，這個效果會讓我們回頭看向自己，發現自己一直不知道的事物。

人生在世，還有比「好好認識自己」還要重要的事嗎？現代社會將焦點擺在大學的入學考試，在這種教育體系下，我們鮮少有能探索和發現自己的機會，自然也很難累積「自我知識」。可是這個問題卻能透過學外語來解決。

學外語相當於熟悉「另一種思考體系」。如果學外語能讓我擁有與自己熟悉事物截然不同的「新思考方式」，那麼我看這個世界的觀點就會改變。使用同一種母語的人之間會有共同擁有的普遍價值，可是在接觸與該價值衝突的文化過程中，自己原本的思考體系會隨之動搖，最後也會對自己有新的發現。而這就是無論付出多少代價也無法獲得，唯有透過學語言才能獲得的隆重大禮。

2. 提升各種能力

學外語的過程中，有些能力也會自然而然地提升。例如分析能力、創意力、溝通能力、理解力和記性等。或許這是學外語的特殊之處，也是再自然不過的結果了。畢竟背新的單字和表達方式，嘗試理解並接受其他文化的思考方式，為了和他們溝通而努力，久而久之也不得不培養出這些能力。

我們的大腦會越用越發達，能力也會隨之倍增。因此不學外語的人若是開始學外語，便能獲得閒置的機能得以全面啟動，沉睡於內在的無數能力得以甦醒的成果。能夠聽懂對方說的話、能夠懂得換位思考、能夠在意外中隨機應變、能夠記得且應用更多事物的力量，這一切都是透過學外語，從我們的內在重新挖掘出來或新搭載的能力。

3. 成長為更成熟且心胸寬大的人

學新的語言並非單純指習得口說力或背單字。除了指駕馭語言的能力之外，還包含理解該語言的背景，最終提高自己的歷史觀點和眼界，培養更好的洞察力。

進一步看到更立體的世界，即使是同一件事情或情況，也能從不同的角度來解釋。自己也會不自覺地掙脫將自己囚禁於井底的鐵網，讓思考不受限。能夠理解和接受其他人，即包容甚至懂得照顧和體諒他人「和我不同」的迥異之處。簡言之，學外語是讓自己成長為更成熟、豁達又心胸寬大的人的基礎。

學外語必須伴隨與眾不同的耐心和踏實的努力。即使無法一次搞懂，也得持續抱著去了解的心態，而且同樣的單字和文法也得一背再背，重複無數次。而且即使不斷犯錯，也得一再嘗試，將過程中的無奈忍下來，同時也要克服時不時讓人感到屈辱的情形。最重要的是腳踏實地的態度，持續投資時間和努力，而這絕非容易的事。路途如此艱辛也不半途而廢，一步一步前行。

勇往直前的人自然搭載耐心和靈活度。這點除了學外語以外，對執行其他工作也相當有幫助，讓人幾乎可以輕易完成任何事，即使面臨危機，相較於他人更能以平常心相對，而且隨機應變的能力更強，也能更快掌握狀況。

4. 安裝解決問題的能力和自信心

學外語越學也越能培養解決問題的能力。了解自己的母語中不存在的單字，或難以預測的情況，以及無法以現有價值觀來理解的無數情形背後隱藏的意義，這些事就像重新組裝一台被撞得稀巴爛，看不出原形的車，因此學外語也培養了我們若在工作上遇到任何問題的解決能力。這個過程中不僅涉及非語言或文化的衝突，也賦予我們生活中面臨無數問題時的解決能力。

將自己投身於新語言的世界裡，其實是一件讓人恐懼的事。或許可以拿不會游泳的人被丟進大海裡當作比喻吧。毫無疑問的是，很難找到可比較的對象。

但如果經歷過能以之前不懂的語言和陌生人溝通，我們的內在就會產生極大的變化。我常看到很多內向的人在學了外語之後，個性從內向變成外向。這都是多虧面對自己的恐懼，讓自己變大膽且勇敢。在學過本來完全聽不懂的語言之後，以這個語言向對方傳達自己的意思，當對方也能理解時，就會感覺自己被更大的世界接納，在心理上產生正面的效果。

比起被拒絕、被隔絕在外，接納和溝通才能帶給人類最大的滿足感，最終讓人產生自信。透過征服外語所得到的自信，能夠在我們人生的各種時刻發揮巨大的力量。

5. 工作機會和舞台的拓寬效果

不只如此。能夠讓我們獲得實際利益的事情更多。學外語能夠增加工作機會，如果你還有語言之外的其他專業，那麼兩者就會迸發出相乘效果。舉個我認識的醫生為例，他的挑戰很有趣。

他在就讀醫學院的時候，夢想能夠環遊世界，利用醫術幫助偏遠地區的人，於是後來便學了英語、西班牙語、法語等語言。結果他現在在海外醫療志工事業和照顧定居韓國的外國人工作上獨占鰲頭，而且他也是將韓國的醫療體系推廣到海外的國家計畫先驅。

我的一位大學西班牙語系同學本來在大企業上班，不惑之年開始念法學院，現在是律師，且得益於大學時期的交換學生經驗所打下的西班牙語實力，讓他更受矚目。能夠說西班牙語的韓國律師屈指可數，雖然他晚進律師界，但是卻憑西班牙語實力成功拓展自己的專業領域，成為國內數一數二的「西班牙語圈專業律師」。

這個原理很簡單。只要增進外語能力，工作舞台拓展到全世界，自然競爭減少，成功機率也會變高。

6. 更豐富的人生經驗

此外，如果懂語言，我們便更有機會享受多元的文化，可以自由地到世界各地生活，交朋友更是無需顧慮對方的國籍或文化背景。我們也將有無限機會，讓還不懂語言時，聽起就只是噪音的音樂或電影，帶給我們感動，或發現閱讀世界名著的喜悅，抑或即使我們到世界上的某個角落，也能發現人生的導師。簡言之，我們的生活將豐富、愉快好幾倍。每當我們增加一個能夠駕馭的語言，就像抱著一個寶箱，裡面將不斷迸出「趣味橫生的際遇與發現」，如魔法般的經驗將成為可能。

7. 防止大腦老化

學外語還有一個附加的好處，如果持續學語言，頭腦也會持續活躍，延遲大腦老化的速度，還可能讓人活得更年輕。

我們都知道，通常人上了年紀，大腦機能便會老化。可是根據科學家的研究結果，大腦機能退化和年紀並無直接關係。只是，當我們邁入成年，工作的時間比學習新事物的機會還要更多，自然而然大腦的活動便減少。換句話說，只要學習某項技能，就能讓大腦持續運轉，理所當然就會降低大腦老化的程度。而且促進大腦運動最有效的方法之一，就是學習和使用外語。因此，學外語可以說是讓青春永駐的最佳祕訣。

這樣看來，學與不學外語的人生怎麼會一樣呢？學外語後獲得的人生禮物無窮無盡，當你試著想像你的人生也發生如此改變，是不是就已經開始覺得興奮呢？即使不是完成什麼了不起的事，但是你的心裡是否熊熊燃起想挑戰的意志呢？這樣就夠了，只要有心，好的學習方法再學就好了。重要的是，不只是想，還去實踐。不要再找藉口拖延了，現在馬上開始行動，那就是成功的鑰匙。

02 別讓年紀成為絆腳石

想學外語的人最常問我的問題之一便是：「我這把年紀還可以嗎？」我身邊的人也有很多人找藉口說：「我想學是想學，但是年紀太大了。」「應該小時候學的，我已經錯過時機了。」「現在因為年紀，腦袋轉不動，學不了了。」但其實這都不是藉口。偶爾也有人超越這些消極的心態，帶著確信的態度主張：「超過二十歲，絕不可能學外語」。可是我的想法不同。

很多人知道我會五國語言，便以為我從小就被送出國生活或留學，後來才回國，但事實並非如此。我第一次學英文字母是在國中的時候，西班牙語則是在大學的時候學的。法語則是我過了三十五歲才開始正式學，甚至義大利語還是我過了四十歲才開始學，所以他們完全猜錯。正因為這是我的親身經驗，還有看著和我一起學語言的朋友，以及環遊世界時遇到的人，以這兩方面為基礎和根據，我才能充滿自信地說，年紀絕對不是學外語的絆腳石。

我並非唯一抱持這個觀念的人。世界各國的語言學家和腦科學家不斷研究語言習得和年紀的相關性，其中有很多專家已經取得完全顛覆我們預測的結果。雖然我無法在此一一列舉所有的理論，但是我們一起來看看這無數研究結果的共通點吧。

習得一門新語言，甚至要能夠流暢使用，會受到相當多因素影響，不僅止於年紀。例如，可能會受天賦，也就是遺傳因素的影響，還有母語應該也有某程度上的影響，因為隨年紀增長也會被母語的框架限制。此外成長環境、積極性、是否選擇正確的學習方法等也會造成影響。

不過請大家記得一件事，年紀只是其中一項因素，但並非唯一決定你是否能學好一門新語言的決定性條件。

不過即使我這麼說，大家應該還是很好奇。雖然我說不要讓年紀成為學語言的絆腳石，但是學語言應該有個最佳的時機點不是嗎？

關於這點，學者們的研究結果完全讓人跌破眼鏡。根據世界記憶力冠軍，即金氏世界記憶力紀錄保持人兼腦科學家鮑里斯・康納德（Boris Konard）博士指出，學外語所需的記憶力會隨年紀增長而更活絡，並在四十歲後到六十歲前達到顛峰，而且也有相當多數的人在六十歲以後仍保持這個能力。所以說，這樣難道還沒有希望嗎？

比天賦和年紀更重要的事

雖然有各式各樣且龐大的研究結果和統計數據，其中美國麻省理工大學（MIT）以Facebook進行大數據進行分析的結果很有趣。結論就是「年紀雖然會影響語言學習，但無所謂決定性的時機」。這是什麼意思呢？若只從表面看，看起來語言習得能力會從十八歲起開始下降，但我們必須深入看個仔細。因為有個反轉，之所以有這個現象，並非因為實際上大腦機能下降，或腦袋產生某種變化。

雖然每個國家多少有所差異，但是一般來說十八歲是結束高等教育的時機。雖然有人會上大學，但是也有不少人開始就業，大部分的時間都在職場上度過，或結婚生子，邁入新的生活。而真正的原因便是很多人像這樣在十八歲後進入人生的下一個階段，明顯地投入語言學習的時間減少，或生活環境變得不適合學習語言。

根據專家的分析，學語言比天賦或年紀更重要的要素就是「時間投資」。只要想成小孩學母語所需要花費的時間，就能輕易理解。我們只是忘了，其實小時候我們學一個單字所需的時間非常多。而且對我們抱有無限關愛和耐性，名為「媽媽」的老師總是會用各種表情和動作，重複好幾百次、好幾千次告訴我們同樣的單字，只要我們錯了，就會馬上幫我們訂正。如果仔細想想，長大後，相較下我們花的時間更短，而且就只是坐在書桌前靠著書上的印刷字體學習，可是我們卻急於下定論，認為孩子們的外語習得能力比我們更好。而且並非此研究結果如此，綜合各個分析語言學習的專家意見，如果比較孩子和成人的「語言習得能力和條件」，反而可以得知成人更有利於學外語，其內容如下。

成人

- 對已經習得的語言有全面的理解和知識。
- 可以認知新單字的各種概念。
- 動機或目標明確。
- 熟悉非語言的溝通。
- 有溝通和對話的能力。
- 專注度平均為孩子的五倍以上。
- 具備已經習得的語言的外部知識。

孩子

・耳朵能接收任何聲音，有益於發音。
・不怕犯錯。
・能輕易吸收新的資訊。
・有利於時間投資。
・可以毫無想法或擔憂地接觸新語言。

雖然大家可能已經發現，孩子和成人之間存在的最大差異，在於全心全意投入的時間多寡，還有有多毫無畏懼地接觸新語言。

有學者曾經提出與此類似的論點。德國的語言學家兼神經學家列能伯格（Eric Lenneberg）在語言學中也被認為是語言習得領域的先驅，他在語言習得和認知心理學相關研究留下突出的成就，其中最有名的研究，便是關於人類的天賦對學語言會造成多少影響。

根據他的研究，從神經肌肉結構來看，兒童在發音和語調上的確優於成人，但是這個結果也受其他各種因素的影響。像是兒童和成人不同，他們沒有自己的想法、刻板印象和偏見等，所以可以在毫無過濾下自由地接受某種資訊或聲音。以及孩子比大人更靈活，且對犯錯無所畏懼。

換句話說，如果大家被問到：「成人學外語時，是否能完美地發音？」可能就會回答：「很難。」但是如果再反問：「為什麼？」就可以知道無關年紀，刻板印象、偏見和恐懼才是更重要的原因。結論就是，「成人想正確熟悉發音比兒童還不利，那都是因為年紀的關係，所以我沒希望了」這種抱怨可說是毫無科學根據。

那麼「正確的發音」究竟占語言能力多少比重呢？如果說外語時混雜自己母語的口音，就代表外語說不好嗎？雖然如果連發音都完美當然很棒，但是我不認為只有完美的發音，才算具有出色的語言能力。說外語並非只是以正確的發音羅列單字，獨特的腔調或發音偶爾可以是一種策略，甚至成為一種魅力。

營造能夠軟化感情的環境

有一點是，當我們成年後，的確會有絆腳石阻礙我們學語言。就是我們已經過分熟悉的「錯誤學習法」。兒童在學語言時，最大的優勢就是與他人交流。因為孩子們不知道控制或調整情緒的方法，所以在學外語時，他們也會不知不覺動員所有情緒，可是情緒和記憶力的關係密切。

一般來說成人學習的條件與此相反。在學校用書本學外語，不知不覺也訓練自己使用管控理性而非感性的大腦。因此，在學語言的過程中，情緒被排除在大腦之外，也失去使用更強大的記憶力的機會。

由此，我們可以得到一個提示，就是即使是大人，如果能在學習時營造讓情緒軟化的環境，就能更有效且更快地提高外語實力。大家可以用同樣的脈絡來想，是不是談戀愛時，外語學得特別好，或和朋友一起玩，在酒聚的場合上，英語總是講起來特別流暢。

總之，只要盡可能不要怕犯錯，營造適合的環境，選擇有效的學習方法，投資適量的時間，那麼成人也能盡情享受學語言的喜悅。因此，我們不要再拿年紀當藉口，認為年紀大就不可能學外語。

還有，請務必記得，我們學外語只是需要語言這個工具，幫助我們無論到何處都能和其他國家的人順利交流。所謂「工具」，只要在需要使用時好用就好，不需要連工具的外表都得完美。雖然把語言用得像母語人士很難，但事實上也無須如此，更非我們學外語的目的。

即使語速慢，發音怪，也完全不需要感到丟臉，因為這些事都可以靠年紀累積下來的智慧、知識、機智和從容的氣度來彌補。

因此，從今天起各位要做的事，就是擺脫偏見或刻板印象，以及把自己的臉皮訓練得更厚。拋開一切猶豫和遲疑，自信且愉快地面對新的語言吧！這才是成人為了成功學外語踏出的第一步。

03 外語是最好的資產和武器

年紀越大，就越能體悟人生就是站在無數個選擇的十字路口，如果回顧來時路，有時候會對自己的選擇感到驚訝，當時看起來微不足道的選擇，竟會創造出如此大的差異。而且那些選擇中，有些會讓人想回到過去般地後悔，有些則真心認為幸好當初如此選擇。

而在眾多選擇中，要我說出一件我的最佳選擇，大概就是將我所有的熱情都投注在學語言了吧。即使回到過去一百次，我一定還是會做出相同的選擇，不，反而我會毫無疑問地投入更多時間和努力。不過，嚴格說起來，我能透過外語進一步豐富自己的生活，並非完全是因為我自己的選擇，應該說是父母傳承給我的「偉大遺產」。

我爸爸是一位歷史學家，他的研究領域是韓國史中的高麗史，也因為這份研究的影響，他的思想相當進步且具前瞻性。而且絲毫不像同世代的其他韓國爸爸，一點也不專制獨裁，是一位慈祥且像朋友一樣的爸爸，他也是一位說故事的人，比其他人更有智慧且幽默。我的家庭男女平等，大人也不會仗著自己是大人就隨便責罵孩子，我總是能感受到父母對我們的尊重。

尤其我的爸爸特別向我強調，如果想在這個對女性多少有些不利的世界站穩腳步，就更要勇敢地走向世界，培養能夠獨立生活的能力。爸爸如此影響著我，從我小時候，他也經常告訴我一件事，就是他年輕時，即使沒錢，也寧可欠債學外語，然後到國外走一趟。

身為鄉下一所小型私立大學教授的爸爸認為特異獨行的校外教育非常不受歡迎，而且爸爸有一種任何事都不能因為自己是父母，而強求孩子去做的哲學。因此，我一直到上國中才初學英文字母，度過平凡的校園生活。然而某一天，我的人生發生了一起重大事件。

高一第一學期結束時，爸爸被調往位在美國的大學當為期一年的交換教授。當時父母的朋友、鄰居，尤其我的班導師都堅決反對我一起去美國。因為如果是移民也就算了，可是待在國外的時間不長不短，如果我出國，考大學時必定會遭遇困難。

於是爸爸問了我的意見。

「如果現在去美國，之後回到韓國準備大考可能會很辛苦，妳有信心熬過去嗎？」其實不用想也知道年紀還小的我會回答什麼。因為無論日後會怎麼樣，當下的我只想逃離如地獄般的韓國聯考戰爭，而且我對美國這個國家也帶著憧憬。最後爸爸將身邊人的疑慮和挽留拋諸腦後，帶著一家人前往美國。雖然我的父母從來不嘮叨要我念書，但是在重要的時刻，他們總是做出果敢的選擇。

雖然我隨著心之所向，抱著幻想跟爸爸一起去美國，但是和白人學生一起的校園生活，卻並非如我想像般總是愉快。雖然現在韓國是熱門（HOT）國家，但是當時大部分的孩子並不知道韓國到底在哪裡，對韓國一點興趣也沒有。甚至還有人跑來問我是不是日本人，如果他們一聽到我說我是韓國人，很多孩子是頭也不回地就走了，長期我都是帶著受傷的心回家。

更何況當時我連話都說不好，真的很痛苦，可是卻要承受這一切，讓我每一天都痛不欲生。而且當時以韓國年紀來算，我十七歲，正處於敏感的青春期，原本我的世界只有韓國和韓國人，可是現在我就像失去存在感，自尊崩潰，讓我痛苦不堪。這一切都成了刺激我的因子。然而有一天我正在等回家的校車，腦袋突然閃過一個念頭。

「世界比我所知還要寬廣，我在我的出生地看到、感受到的並非一切，如果我想突破極限，就必須打破語言的阻隔。無論如何我一定要征服英語。」

從那天起，我便開始思考，什麼是最好的方法。進美國高中後，我才發現，雖然在韓國國中學了三年的英語，但是好丟臉，居然連好好打招呼，對我來說都像極限任務。這對每天手上只拿文法書，接受填鴨式教育的我們來說，是理所當然的結果。

我應該改變讀書的方法。我把用大卡車載來，像寶箱一樣厚重的文法書清到我看不到的地方。接著觀察同班同學。因為是第一學期，外國學生都必須上 ESL（English as a Second Language），班上有各個國籍的學生，而且每個人在美國滯留的時間皆長短不一。在我仔細觀察他們之後，有些事情讓我大受衝擊。

我想知道到底為什麼在美國生活好幾年，英語實力仍然原地踏步的原因，然而那些隨時間流逝，卻仍然無法從 ESL 課離開的同學有個共同點。首先，他們覺得反正會一直在美國生活，所以沒有迫切把英語學好的意思。此外，他們總是和同國籍的同學成群活動，用母語交談，避開所有需要使用英語交談的情形，或因為英語而有傷自尊的情況。

任何人在跑向看起來很高的欄架時，都會感到害怕，但是如果只在原地裹足不前，就絕不可能進步。即使你沒跳過欄架，因而跌倒在地，你也必須鼓起勇氣。如果失敗，就抱著重回起跑線再跑一次的覺悟面對。然而那些同學就像拒絕起跑的田徑選手，只是躊躇不前地站著。

恍然大悟的我在下學期選課期間跑去學校事務處，因為我想和當地的學生一起上課，而不是上為了外國人設計的課程。因為我知道，如果想在美國這段期間多學一點英語，我必須選擇比其他人更辛苦的道路。

「沒有挑戰，就沒有進步！即使會遍體鱗傷，也要奮不顧身！」

這是當時我心裡響起的聲音。雖然我得到學校政策上不允許的答覆，但是我並未放棄。當時我也不知道哪來的勇氣，但是我順著這個想法跑去找班導師，像水鬼般纏著他。一開始嚴正拒絕我的老師最後還是答應了，不過他有幾個條件：

第一，因為該堂課是為了美國學生設計的作文課，而不是為了外國人，所以不會給文法錯誤等反饋。因此，不管用什麼方法，交出來的作業都不能有基本錯誤。

第二，老師給學分的規則不會因為我是外國人而破例，這點我必須同意。

第三，要記住只要申請就不能反悔，不能以辛苦為由而放棄。

我二話不說就接受老師的提議，得到上那堂課的機會。雖然我明知道會很辛苦，但是能在那堂課有所成長的期待比日後要受的苦更大。真心的熱情會讓人趨近半瘋狂，而這份熱情對學外語有很大的幫助。當時的我為了學英語失去理智，根本不在乎結果會如何，開始上課後是否會丟臉。

在那之後，我只記得一整個學期我都很努力地學習。我把面子、自尊心全都拋諸腦後，我會找同學求助，而且與其在角落當啞巴，只要有機會能說英語的場合我都會去。而這段用盡所有力氣努力生活的幾個月時間，為我帶來莫大的成就感。

就是學期末時，我是班上唯一拿到拿到「A＋」的四位同學之一。老師留給我的字條上寫著：「妳是我教師生涯中，數一數二看過最認真的學生之一，我以妳為榮。」我到現在仍珍藏這張紙條。鼓起勇氣挑戰獲得的好結果也成為我的自信，讓我對學語言變得更有興趣。

我人生最好的選擇

好不容易我覺得已經適應校園生活，可是歲月如梭，一年的時間很快就過去，回國的日子近在眼前。爸爸又把我叫來面前問我：

「如果妳害怕回首爾準備大考，那就現在說出來，在這裡多待一年再回國，還是可以透過特招考試上大學，這個方法也的確比較簡單。無論如何，爸爸都會想辦法讓妳繼續留在美國念書。不過，也可以選擇回韓國。妳覺得呢？妳的人生由妳自己決定才對。」

聽完爸爸讓我自己選擇、自己負責的一番話後，我苦惱了好幾天，最後下了這個決定。

「雖然現在回韓國一定比較辛苦，可是我還是決定選擇這條路。這是我人生的第一道關卡，如果在這裡耍小聰明，那以後每當我遇到困難，就會想找旁門左道不是嗎？」

於是我們一家人一起踏上回國之路。雖然重返韓國的高中，逼迫自己上大考戰場的那段光陰很折磨，可是我從未對這個決定感到後悔。當時我不懂為什麼爸爸甘願冒著各種危險，帶著還是高中生的我前往美國，可是現在我似乎懂了。為了學外語所投資的一年，並非虛擲光陰，而是為我賺了十年的時間。因為他知道這是讓我成長的道路，培養出能夠擁抱更大世界的能力。

一般人聽到對方出身教授之家，就會自動想像對方的家庭很穩定，但其實這因人而異。老實說我們家並不富裕，在美國時也每天都有新的挑戰。真相是回國後我要迎頭追上學校的課業，同時也必須承擔我自己做的決定所帶來的沉重責任。但是現在回頭看，我們等於從父母那裡繼承最棒的資產，即獲得透過語言拓展人生舞台的機會，以及伴隨而來的經驗。

美國生活讓我對學習語言產生興趣，讓我上大學時選擇西班牙語作為主修科目，而這也是拜爸爸的建議所賜。當時我的確想學外語，可是卻煩惱著改選擇哪一個語言，於是爸爸對我說：

「現在妳才二十歲，經驗還不足，隨時都可能改變妳的夢想，而且還改變很多次。

這樣一想，選擇外語當作主修科目的想法很好，因為無論妳做什麼，外語都能像祕密武器一樣。

如果我是妳，我應該會選擇目光短淺的人不太喜歡的西班牙語，選擇這樣的語言日後妳才有更多機會，而且即使和他人付出一樣的努力，妳做的事反而會更加發光發熱。學外語就像在生活中裝上一對翅膀，甚至西班牙語圈國家的豐富文化遺產和樂觀能量，還會為妳的人生增添活力。」

看看至今我所經歷的一切，遵循爸爸對外語的先見之明，無疑是我人生最好的選擇之一。大學主修西班牙語讓我又接觸到另一個新世界「歐洲」，從那時到現在，真的就如爸爸所說，我就像「裝上翅膀般」在世界各地穿梭，不斷探索、挖掘和成長。而外語對工作機會或個人幸福造成的影響，就像當初爸爸鐵口直斷，洞見未來一樣準確。

我想讓我們姊弟從小讀《孫子兵法》的爸爸就是位出色的戰略家。他如此強調學外語，一有機會就給我們有智慧的建議，以及鼓勵我們，這都是一位愛孩子的父親所制定出來的最佳戰略和戰術。我不知道還有什麼能比爸爸為我裝上的翅膀，同時也是我人生祕密武器「外語能力」還要更偉大的父母留給孩子的遺產。

04 精通多國語言的多語高手（polyglot）的共通點

世界上有許多擁有出色能力的人，語言領域也不例外，而且能夠信手捻來多種外語的人更是比想像中多。

學好一門外語就很不簡單了，那些人真的好厲害哦！我也曾這樣想。

但是並不只有別人才能做到。從現在起就讓我們探索他們學習的祕密吧。

多語高手（Polyglot）

雖然沒有說好能說幾種語言才算，但是大致上是指能夠說四到五種以上語言的人。這個字是英語單字「poly」，意為「好幾個」，和英語單字「glot」，意為「舌頭」所合成的單字。顧名思義就是指好像擁有好幾個舌頭般，能夠說各種語言的人。

韓國不容易找到多語高手，因為語言的特性和文化背景等理由。然而我到國外旅遊或在當地停留所遇到的人當中，很多人至少都能夠以兩種以上的語言溝通。更準確地來說，能夠說多種語言的人並不罕見，應該說只會說一種語言的人少之又少。

從各大洲和各個世代來看，在歐洲人和年輕人之間，遇到會說多國語言的人的機率更高。以歐洲來說，因為各語言的共通性高，所以母語為歐語的人更容易學習第二、第三外語。美國人的立場則和歐洲人不同，美國人的母語在世界各地較為通用，讓他們也感受不到學外語的必要性。而現在的年輕人和過去的世代相比，他們所在的這個時代，無論旅行或就業等皆走向全球化，不受國界限制，且資訊內容都能與全世界共享，自然而然他們也暴露在學外語的環境和生活中。

總之，以我們自己的標準來看，雖然能說多國語言看起來很了不起，但是當了解過後，會發現背後其實沒有什麼驚人的理由。因為世界上的語言都有個共通點，大致上都有能夠代入的法則，所以只要試著去實踐、理解，會發現追加學習一個新語言，比學習第一個外語時簡單多了。因為無論新的語言形態多麼不同，最終那都只是為了溝通所需的延伸。

當然，也有人無法達到這個領域。法查（Zihad Faza）是一位黎巴嫩人，他是金氏世界紀錄能夠說多種外語的紀錄保持人，他能說五十八種語言，且幾乎達到完美的程度。據說已故人士中應該還有精通更多語言的人，其中還有人無論任何語言，只要在聆聽母語人士約兩小時左右的對話後，就能馬上使用，如此驚人的能力應該要說是種超能力嗎？

而且這種能力並非只有大人才有。不知道大家是否有看過偶爾在《瞬間捕捉世界奇事》[2]中登場的精通多語的孩子們呢？如果你曾在節目上看過，在正式入學前，年僅四、五歲的孩子，且能無師自通，將十種以上的語言使用自如，當下是否震驚得說不出話來。而且他們甚至能流暢地轉換根本從未接觸過，且被評判程度困難的語言，如俄語、阿拉伯語、西班牙語、德語、中文等，這些語言神童是真的存在。

這樣的情況屬於極端例外的例子，若分析他們的學習法且照著做實在不明智。因

2 節目原名為《순간포착 세상에 이런 일이》，一九九八年於SBS電視台播出，專門介紹日常生活中隨時可能會發生的事，主角可能是人，也可能是動物，故事時而感動，時而令人喜悅。

為對天才來說，他們應該沒什麼祕訣，而且即使找出他們的祕訣，顯然也不是一般照著做就能有相同效果的事。

但是如前面所提到，明明是一般人卻能說四、五種語言，研究這種多語高手的學習法才有意義。雖然大家可能難以相信，但是我們內在也有能達到那個境界的語言使用能力。至少能夠得到把一種或兩種外語學好的提示，讓我一一點出來告訴大家吧。

關於多語高手的誤解和真相

讓我們先來了解我們對多語高手帶有的誤解和偏見背後的真相吧。

1. 多語高手的家庭環境與眾不同？

大家可能會認為多語高手的生長環境特殊，父母不是異國情侶，就是爸爸是外交官之類的偏見。因為大家會從一般常識推測，若非從嬰幼兒時期就暴露於有利於學外語的環境之中，是不可能說多種語言。

當然擁有這種背景的人之中，除了母語之外，還能輕鬆說超過一、兩種語言的大有人在。但是實際的統計結果完全偏離「唯有小時候待在特殊環境下接觸外語的人，才能成為多語高手」這項預期。有許多多語高手背離大家的想像，反而很少人從小就接觸外語，有很多人到了一定年紀後才開始學外語。

2. 外語習得和母語之間沒有關係嗎？

大家可能都有想過「我最初學的語言，是否會讓我在學外語時受限呢？」，我自己也很想知道這個問題的解答，然而在看過長期研究語言的學者的主張後，他們大部分的意見是並非有決定性的影響。

當然母語為西班牙語的人在學同屬羅曼語系的法語，或母語為德語的人在學同屬日爾曼語系的荷蘭語時，即當他們在學和自己的母語同語系的語言時，會比學習完全不同語系的語言還要來得順利。

但是這項紅利只限於學習語言之初，因為字母相同，文法或單字類似。到了某個階段後，就會像其他母語為不同語系的學習者一樣，如果不投入額外的時間和努力便無法進步。也就是說，我們無法確定因為自己的母語為特定語言，在學一個新的外語時，就能幫助自己學到能夠正確表達意思的水準。

3. 最終天分才是問題嗎？

這個問題大概是學語言的人長久以來關心的議題，雖然遺傳基因有一定的影響力，但是也不是習得語言的決定性角色。

比起天分，更重要的是學習方法。而且最重要的是願意用多堅強的意志來努力，才是左右成敗的因素。換句話說，即使並非出生就擁有天分，靠著後天因素和本人的努力，想成為多語高手絕非癡心妄想。

如果年紀、母語、天分都不是成為多語高手的必備條件，那麼到底他們付出何種努力？或許大家可能會好奇和感到委屈，究竟「我和他們到底有什麼不同，他們可以駕馭好幾種外語，可是我連學一個外語都這麼辛苦」？從現在起，我們就來探討這點。

外語高手的共通點

我以自身學習各種語言所領悟到的事，在多語高手之間發現的雷同之處，以及國際上研究和分析使用多種語言之人的學者所下的結論為基礎，整理出以下多語高手的共通點。

1. 有自己的讀書方式

有個活動專門聚集全世界的多語高手，會開研討會，也會有交流時間，如果在現場聽他們聊天的內容，真的會覺得很驚訝，因為找不到任何一個人在學語言時，用的是我們本身認知的傳統學習法。

例如光是背誦的方法就天差地遠。有的人以五百個單字為單位，將每個單字的用法和表達背下來，並以同樣的方式學會說十種以上的語言，還有人說，自己在學會說八國語言前，每次開始學新的語言都會蒐集該語言的短片，並將短片中的句子分解後，集中記憶其中的內容。

除此之外，還有這麼做的人：他將一千個單字寫下來背，兩週後檢測發現記得百分之三十，於是便連百分之七十忘掉的部分一起，全部再背一次，兩週後再檢測一次，發現記得百分之五十，於是再用同一種方式背誦、檢測，直到自己把所有的單字背好。這是他獨創的「雙週記憶法」，他說這個方法讓他能夠學九種以上的語言。

其實像這樣的見證多得數不清，且各種方法都有。而我們該注意的不是每個人的學習法，而是擅長說外語的人「每個人所使用的學習方法都不一樣」，我們必須著重在他們都找到了專屬於自己的學習訣竅。

可是他們有個共通點，就是他們都證明了不依賴老師，自己研究創新學習法，才是學習語言的最佳道路。透過某個人的傳授，只能獲得有限的資訊，因此我們只要適當活用學到的東西，實際上學習還是得自己來，可是大部分的人都過度依賴有老師的課堂。

無論再怎麼優秀的主廚做了一桌菜，如果自己不吃，那些菜也不過是畫在紙上的餅，看得到卻吃不到。好的老師、好的教材就像那桌菜和冰箱裡的食材，不是有人教就能變得厲害，你必須自己傾注努力去學習，經過各種嘗試和從錯誤中學，找到最適合自己的學習法。

2. 一開始就先專注於聽力和口說

聽力和口說的重要性即使再三強調也不為過，其中聽力尤其重要。我常常和想學好外語的人說，無論如何先多聽。即使一開始不知道在說什麼，還是必須盡可能大量地、花最多時間地聽原文音訊。當我講到這裡，一定會有人提出這個問題。

「小孩就算了，大人用那種方式學外語聽力真的有幫助嗎？」

大家好奇我對這個問題的回覆嗎？我的回答當然是「有」，而且「越是成人越有幫助」。聽力是開始學語言起，就需要下非常多功夫的領域。口說也是如此。難道我們要把其他領域都學到完美才願意開口說話嗎？這就像學樂器，好一段時間只學看譜的方法，到最後才開始嘗試演奏一樣。這樣舉例，大家能發現矛盾之處嗎？

聽力和口說的重要性，即要聽才能說，說才能聽得更清楚。能夠敏銳地發現這才是語言學習之始的人，就會成為多語高手。簡而言之，多語高手並非天生就有卓越的能力，而是他們能領悟有效率的學習順序和學習方法。

3. 將語言學習變成習慣

外語學習不是醞釀許久、下定決心才做的活動，而是必須養成一天不做，就覺得哪裡怪、不舒服的感覺。就像睡前一定要刷牙和淋浴，或早上起床一定要喝一杯水一樣，對多語高手來說，語言學習是每天都會做的事。

這裡我們要著重的是將某件事「養成習慣的條件」。「習慣」這個單字在字典上的意義如下：「在長期重複某種行為的過程中，自然而然熟悉該行為的方式」，換句話說，自己重複該行動，且次數多到不自覺，才有可能成為「習慣」。多語高手就是如此癡狂的外語粉絲，能長期毫不間斷地學外語。

根據專家們的看法，習慣的養成至少需要二十四天，如果你能下定決心，花一個月以上的時間每天學外語，那麼你就有把外語學好的希望！

4. 好奇心旺盛和愛多管閒事

雖然對一直以來只抱著文法書和語言搏鬥的人來說，這點可能會讓他們感到一頭霧水，但其實這點非常重要。要駕馭好一門語言，勢必得伴隨了解和吸收使用該語言的國家的文化、人們的思考方式和情感思維等過程，因為語言是文化的鏡子，支配人類的思想。因此，對除了語言之外，和語言密不可分的一切都感到好奇，而且得不到解答就覺得難受的人，學語言也學得很快。

5. 覺得學語言真的很有趣

而且我覺得這個世界上和學外語一樣有趣的事情很稀有，這件事只要嘗試過就會知道。雖然大家都毫無例外地通過辛苦的過程學語言，但是多語高手不只是享受，而是偏向把過程當作遊戲。

講到這裡，雖然有人會想：「咦？說真的我覺得很無趣，要怎麼做才會喜歡呢？」但是並非沒有讓自己喜歡上語言學習的方法，只要將語言學習和自己喜歡的事接軌就是其中之一。如果對學語言沒興趣，可是卻喜歡音樂，就可以把注意力集中在國外音樂劇的歌曲歌詞中，或雖然對外語沒自信，但是喜歡做菜，使用原文食譜也是個方法。這樣一來，從某瞬間起，外語也會融入自己喜歡的興趣。

我看過很多次主張「這輩子我應該和外語無緣，以後也是如此」的人歷經戲劇化的變化。當他們一透過語言體驗新世界，或確定自己的實力在不知不覺間瞬間進步，就能體會到學語言有多有趣。多語高手不會放過學語言的過程中，任何一件能感受到快樂的小事，而且把這些事當成熱情的火種，讓他們越燒越旺盛。

怎麼樣？現在大家知道，其實多語高手並不像各位想的那樣，像是從外太空來的外星人。成為語言達人絕對不只是別人才會發生的事，你也可以挑戰，不管從什麼時候開始，想做多少嘗試都可以。不管是多語高手也好，或只想學一種語言也好，只要心中有踏入「語言世界」的夢想，那麼有件事必須馬上執行，就是拋棄「我沒有學外語的才能」或「我做不到」這些想法。

看起來對語言具有特別才能的人都毫無例外地擁有一項共通點，就是「自信感爆棚」，這點或許才是多語高手或語言能力者最關鍵的共通點，因為以「自信感」武裝自己的那瞬間，能夠發揮的能力就會加倍。那麼，現在我來問問大家，你做得到嗎？你有自信嗎？如果你的答案是「沒有」，那麼從今天起試著催眠自己吧！自信感透過催眠可以無限膨脹！

相反地，如果你的答案是「有」，大麼你已經衝出起跑線，朝著「語言達人世界」展開興奮的旅程。恭喜你！

02 PART

在正式開始之前

語言學習重要的不是某一天突然梭哈一切的熱情，
而是能持續不斷學習的持久力。

01 必定成功的目標建立術

學外語的人有一個共同的煩惱。

「如果不想兩天捕魚三天曬網，應該怎麼做呢？」

每當迎接新的一年、新學期，學外語總是會出現在希望清單上，可是想挑戰的人多，卻很少有人能心滿意足地實現。下定決心執行，中途卻意志動搖而放棄的情況不計其數。

高調的人會跑去報補習班、聽線上課程、把稱作教材的書都買來，把能投注的能量都投入，但越是這種比任何人都還積極投入的人，通常堅持的時間就越短，彷彿熱情被澆了冰水一樣。到底是為什麼呢？

我們試想一下，只有學外語這樣嗎？運動、減肥或第一次學某樣東西的時候，如果沒有平坦的路線圖和可實現的計畫當作後盾，那麼結果都一樣。理由很簡單。因為這些事絕對不會因為你付出多少努力，而馬上就有顯而易見的成果。如果不想虎頭蛇尾，就不能忽視設定目標和制定詳細計畫。不，是必須投入讓人覺得誇張的時間和精力。很多人想得很簡單，認為「哪有人會連自己為什麼想學都不知道就開始啊？」，但是如果只是帶著「我想說一口好英文」「我想學個第二外語」這樣籠統的目標，最後很可能會在學外語這場長期戰役中落敗。

大學時，我的綽號是「計畫女孩」，雖然大學已經離我很遠，但是「先計畫再做事」仍然是我生活中的一部分。或許是長期以來的習慣，現在只要任何事我不先做全盤的規劃，就會馬上覺得工作效率下降。因此，無論做任何事，我都會寫下目標和詳細計畫，畫下藍圖並訂好時間表。因為我很清楚，即使不一定能遵循所有的計畫，但是先行計畫與否，足以讓工作的長期或短期成果截然不同。這個習慣在我學外語時也幫了我很大的忙。

語言學習就像一條必須帶著堅定的心，長期遠行的路一樣。沒有比速成更危險的想法了。語言學習應該把目標放在遠處，並縝密規劃實際上要履行的計畫，而方法也必須謹慎。因為這並非一件速戰速決的事，所以與其讓自己焦躁，不如花時間冷靜審視自己的內心和意志，以及學習條件等。好，那麼讓我們來了解具體的做法吧。

1. 找到強力的理由

任何目標或計畫如果少了「為什麼」，遲早都會不了了之。相反地，如果動機明確，那麼當失去學習動力時，要重拾動力會更容易。因此，我們應該在內心深處尋找「我究竟為什麼要學？」的答案，應該思考是什麼事讓自己下定決心學這門外語，還有習得新語言後，自己最迫切想做的事情是什麼。學習的原因和動機越明確、越個人，成功的機率就會越高。

我住在法國的時候，曾見過電影導演烏妮．勒孔特（Ounie Lecomte），她為韓裔出身，但剛出生就被領養，奇特的是她到了七歲，才見到領養她的法國養父母。已經在法國藝術界嶄露頭角的她以自己領養前在育幼院的生活為背景，拍了類自傳電影《等待回家的日子》（Une vie toute neuve / A Brand New Life，二〇〇九），這部電影上映後，導演也回到韓國，找到自己的生母。雖然她希望能和母親有更多時間相處，但是如果沒有翻譯，她完全無法和母親溝通。

烏妮導演被很好的家庭領養，接受最好的教育，也成為眾所矚目的藝術家，在法國文化界占有一席之地。加上在韓國出生，生活了好幾年，只要她下定決心，學韓語對她來說比其他被領養的孩子或外國人更有利。相反地，烏妮導演的生母則是因為處境困難，逼不得已將女兒送養，加上年代已久，無法確定她的教育程度，現在她也已是一位年事已高的老人。

可是之後發生什麼事了呢？一位是法國名校出身，年約四十，身為知識分子的女兒，另一位則是一輩子在貧困中掙扎，為生活打拚，年紀七十上下的平凡韓國母親。站在客觀的角度來看，誰能更快學會對方的語言呢？

結果讓所有人跌破眼鏡。雖然烏妮導演學了一點韓語，但是中途便放棄了，年紀邁入七十，初學字母的母親卻達到能和送養的女兒以法語對話的水平。

這驚人的故事背後所隱藏的祕訣只有一個，就是無與倫比的母愛！雖然女兒見到生母，當然會覺得感激、幸福，但是卻比不上母親將自己年幼的孩子送到國外讓人領養的那份心中的痛。對母親來說，她強烈的動機就是「無論如何都想和自己的女兒溝通」，沒有任何事能阻撓她。

或許嘴上說著沒有才能、年紀太大、記憶力衰退的藉口，換個角度看就是「沒有急迫的目標」。相反地，當自己的目標急迫，人就能發揮出突破極限的力量。即使不到導演母親一樣，迫切地為了想和被領養的女兒說話，在學習外語前，大家都必須深思自己非得學這個語言的理由是什麼，而非僅只是想學而已這麼籠統的想法。

2. 建立「反饋系統」

自學外語真的很了不起，比起念書本身困難，現在我學到什麼程度如果都沒有人幫忙確認，就彷彿橫貫沙漠一樣，有種茫然的感覺。

所以在設立目標時，有件事很重要，就是想出自己開始學習的動機，同時思考自我檢測學習狀況的方法。要謹記在心的是，檢測並非想到了才執行，而是制定好時間，週期性地測驗。而這份檢測不是單純看自己是否有達成目標，而是必須測驗自己，學習目標下的細項目標是否有被好好執行和往前。

這也會因終極目標為何而異，例如目標是「英語新聞聽力」，那麼定好「兩週一次或一個月一次」這樣的週期進行英語新聞聽寫，找新聞腳本或下載字幕來測驗都很有幫助。也可以寫字彙測驗，檢測之前已經背好的單字中，正確理解的單字有多少，此外，寫關於時事的知識測驗也可以。

而找模擬試題等來寫，重點則在於將測驗環境營造得跟實際考試的情況類似，而且要記得把測驗結果記錄下來，以便於和下次測驗時比較。無論選擇哪一種方法，都必須要有自己的尺標。

如果念得很認真，可是卻不知道實力是否有進步，我想沒有比這件事更讓人無力。如果是學生，學校會定期考試，自然能夠確認學習成果的優劣，如果是自學，那麼答案就是為自己設計一套檢測系統。在學習過程中，若少了自我檢測系統，就很難消除在迷宮中徘徊而不知所措的感覺。

該用什麼方式測驗沒有定則，可以按照自己的狀況和目標，想怎麼做就怎麼做，盡情發揮創意，把這件事當作另一個有趣的過程去享受吧！這種自我診斷裝置有助於幫自己掌握和補強還不夠好的地方，也可以幫助自己免於明明目標就在不遠處，卻總覺得還很遠，最後選擇放棄的不幸結局。因此，建立專屬於自己的反饋系統，是幫助自己成功達標的最好的指南針。

3. 決定優先順序

三分鐘熱度的人有個共通點，就是沒有一套屬於自己且明確的優先順序基準。如果人生泰半的模式和態度缺乏優先順序，那麼需要規律的時間，和持續不斷的長時間投資的外語學習將會變得困難。

舉例來說，如果下定決心一週至少念十小時英語，那麼無論有任何誘惑或邀約，無論懶惰蟲多麼蠢蠢欲動，都不該打破這項原則，可是優先順序不確實的人就會意志動搖。如果不想因此失敗，那麼重要的就是自己必須認知到英語學習的優先順序在其他事之前。

我從很久以前就會定期深思和記錄我人生中重要的事是什麼，一天二十四小時或一個月的時間中，我想花百分之幾的時間在什麼事情上。我所應用的方法是在紀錄片中看到白手起家的日本事業家分享自己是如何制定計畫、分配時間而打造出成功的事業，而我從中得到了提示。

不知道大家是否還記得，小時候每到放假就會畫一張圓形的生活計畫表呢？請試著回想看看，在大張的紙上畫一個圓，接著決定好主題後，在圓上占比分配。這個方法很簡單，但是效果滿分。

例如畫畫看「金錢、名譽、權力、知名度、宗教使命……」中，哪一項是你在進行社會活動時想著重的部分；接著在另外一個圓畫下「家人、戀人、朋友、同事、鄰居……」中，你想和誰花多少時間相處；還有畫下關於自我提升，你想優先執行哪個部分，並投入多少時間等，整理腦中的想法。這樣一來，當出現意外的行程或邀約時，這些就是幫助你做出無悔選擇的基準點，非常有用。

如此計畫的訣竅在於將自己人生的時間，從大的單位到小的單位（往後十年、五年、一年、一個月……）來計畫，計畫「自己想花多少時間在什麼事情上，或想和誰一起使用這段時間」。只要嘗試過一次，你就會明白之前自己浪費多少時間在無意義的事情上，也能減少學外語時，心思被其他不重要的事情占據的機率。

從今天起，我們就以上述提到的標準和技巧，按部就班地制定計畫。事前準備做得越好，執行起來就會越順利，也能越節省時間和精力。因此，訂定目標和計畫的過程很重要，必須下功夫。

我再次強調，外語學習不是隨隨便便就能達成的事，所以千萬不可操之過急！希望大家都能記住，在語言學習這場賽跑中，烏龜比兔子還更有利。

02 最終成功的人的心態

「對外語的熱情，是這世界現存最偉大的浪漫愛情故事。」

當我在某本書發現這句話後，我仔細想了一下為什麼對語言所懷抱的愛是世界上最偉大的浪漫愛情故事。我的結論如下：正如美麗、新奇、甜蜜的經驗一樣，當遭遇瓶頸，就會出現想放棄的念頭；還有必須克服許多難關，像是事情超乎預期地不順利，或因現實問題而遇上難關等；以及發自內心的奉獻和努力是克服一切的力量等。這些特點和愛情如出一轍，或許是因為承受的苦難強度或爭取到時的喜悅，比世界上任何揪心的愛都還要大。

我想得越深，就越能認同將語言學習比喻成浪漫愛情故事的絕妙之處。若想讓真摯的愛情開花結果，兩人不就應該付出時間，以智慧和毅力克服過程中意想不到的困難和摩擦嗎？

語言學習也一樣。雖然開始的時候迸出火花很重要，但是讓心動不只是瞬間的熱度，將其昇華成能夠延續的熱情也很重要。即使天賦過人，若是不願意一步步堅持地走下去，也無法將語言學好。即使支付鉅款選擇捷徑，也無法抵達目的地。雖然偶爾會有驚奇的發現和快樂的體驗，但是也不能自認為一切都會順利，不會有任何困難。這就是語言學習的真面目。

即使是如此不容小覷的外語學習，也有很多引領大家邁向成功的鑰匙，其中有一把萬能鑰匙，那正是學習者的態度。我對外語的愛從十五歲之後開始，且一直延續至今，即使我有了工作、上了年紀，我仍慶幸自己並未放開和語言之間的連結，偶爾我也很感謝一直以來不斷努力的自己。

我希望正在閱讀本書的讀者也能體驗並爭取到世界上最偉大的愛情，並且我想向各位分享為了維持熱情的火苗，我遵循至今的「作為外語學習者的態度和精神」哲學。

1. 丟掉必須得完美駕馭語言的想法

其實這根本就不需要提，因為語言不可能用得完美。在說外語之前，只要想一下，很容易就想到答案了。身為韓國人，就能完美地使用韓語嗎？會有人回答「能」嗎？無論是誰，就算是自己的母語，也不可能完美地使用。所以說，如果學外語時執著「完美」，那麼學語言的樂趣就會消失，留下的只有沉重的壓力和負擔。

再講得更直接點，就是要承認並接受我們不是天才的事實。雖然應該懷抱遠大的夢想，制定具體的目標也對，但是如果你不想在學外語這條漫長又艱辛的旅程中疲憊不堪，那麼就該抹去「對自己能夠完美使用外語的幻想」。

這跟對自己有自信是兩回事。不要希望自己成為「外語天才」的同時，將標準訂得太高，每當現實生活中無法達標，就會因為挫折或氣餒，最終選擇放棄。外語顧名思義就是其他國家的語言。雖然不完美，但是能毫無誤會地和對方溝通、表達自己，這樣就已經很優秀了。我一直以來也都是以這種想法學語言。

2. 學外語所需的燃料不是爆發力，而是持續性

我平常強調的話中，有句「語言學習不是任務，而是習慣！」，為了讓大家理解這個念書哲學，即學外語不是一次性的努力，而是持續不懈地反覆執行，因此我經常

用減肥來比喻語言學習。

任何人至少都試過一次減肥，我也一樣，可是我從沒看過標榜一下子就如奇蹟般成功減重的效果能夠持久。大家可以試著模仿能快速剷掉好幾公斤，獲得如女神般身材的減肥方法，剛開始效果總是吸睛，看起來彷彿有變化，但是如果不從根本改變生活習慣，最終還是會回到原點，或因為復胖，而變得比減肥前的狀況還糟。

好好思考該怎麼做才能成功減重，就能得到語言學習的重要提示。比起挑戰餓肚子或過度運動等極端做法，持續攝取健康飲食和運動並養成習慣，才是永恆不變的真理。

語言學習也要以那種態度對待。因為不可能一下子把很多信息全部洩漏出去就能成為我的東西，所以哪怕是一點點，也要努力把每天學習變成習慣。發揮爆發性的力量或一次性投資巨大的時間沒有太大的效果。一定要記住。語言學習中重要的不是某一天突然全身心投入的熱情，而是繼續學習的持續性！

語言學習正應該以這種態度面對。因為不是一下子吞下巨量的資料就能把它吸收成自己的知識，而是需要努力養成每天至少念一點書的習慣。使出爆發力或一次投下很多時間效果並不大，大家一定要記住，語言學習重要的不是某一天突然用盡所有的熱情，而是能夠不斷學習的持續性！

3. 鎖定動力

首先我們來分析「動力」（momentum）的意義。動力本來是物理學用語，會根據不同領域或情形而有各種不同的意思。這裡我所說的「動力」是指「成為某件事情的契機」，也就是讓人燃起外語學習的鬥志，或是讓人下定決心去做的原動力。因為學語言是一件又長又無聊的自我鬥爭，所以偶爾我們會需要能夠提起我們內在熱情的動力。

我來舉一些具體的例子。最近會說韓語的外國人不少，大部分的人都說愛上韓國文化（K-Culture）是他們學韓語的起點。成為像BTS一樣的K-Pop團體粉絲或看韓劇而愛上韓國文化，就是他們學韓語的動力。我也曾遇過二〇〇二年世界盃時來首爾看足球賽，為紅魔鬼的熱情和韓國人的親切著迷而學了韓語，至今仍定居首爾的英國人，對他而言，世界盃就是他學韓語的動力。

在我認識的人之中，有位朋友說和我一起出國旅行，就是喚醒她沉睡一輩子的外語熱情的動力。她說和我一起去西班牙、法國、英國旅行的時候，看到我無論去哪個國家，都能自在地說著當地的語言交朋友、度過愉快的時間，讓她受到很大的刺激。一開始她只是羨慕，在和我們一起相處後，發現即使只能說上一句話，也能讓她開心不已。所以年過四十的她開始生平第一次學外語，現在她的英語和日語已經是達人程度了。

我完全同意「機會是留給準備好的人」這句話，改變人生的動力雖然看似偶然，但或許那個機會是自己創造的也說不定。應該抱持著瞄準那些能帶來一點刺激或滿足信心的事件，等待適當的時機來臨就去爭取的態度。

難道別人很幸運，只是靜靜坐著，動力就來敲門嗎？絕非如此。我們的身邊多得是機會，在積極尋找的人眼中特別顯眼，動力對那些人來說，也像禮物一樣。

外語學習的動力如果是透過語言所獲得的有趣經驗，或是某件能刺激自己想學該語言的事，那麼任何事都有可能，必須要認真尋找。例如出國旅行前夕，先練習當地可能會用到的句子，然後在旅行中盡可能地使用，讓這件事成為帶給自己勇氣和讓自己感到自豪的契機如何？

大家一定要記住，外語學習是一件「如果透過愉快的經驗而感受到意義，就會產生學習的動機，有動機實力就會提升，只要有一點進步，就會再產生學習的動機」這段過程無限反覆的事。

4. 不要和其他人比較，只需要按照自己的速度

人們常犯的錯誤之一，就是誤以為自己和學外語的所有人都在同一條跑道上朝同一個終點前進。事實上並非如此。外語學習並非所有人都在同時間出發，按照抵達相同終點的順序來排名的比賽。大家要想的是，每個人都有自己的路線，只需要按照自己的速度，朝著自己的目標前進。

而且與其說是跑馬拉松，反而和走聖地牙哥朝聖之路更像。因此「和我上同一間補習班的同學進步得更快說」「我同事上次考試分數也很好說」，或是「我孩子馬上就學會了，我不知道是不是年紀大了，不容易進步，這樣念下去不知道要念到什麼時候」這樣想不對。

學語言要享受過程。如果只想著往終點線衝，那麼中途就容易跌倒或放棄。包含已經會說很多語言的多語高手在內，任何人都無法把語言學到完美，因為無論外語實力多好的人也總是需要學更多東西，所以我們必須清楚意識到學習的過程一開始就沒有所謂的「終點」。因此，絕對不要和別人比較，只需要默默走自己的路。

我希望大家在念書的過程中感到無力或想放棄時，都能再重新回來讀這個章節的內容，然後重新振作。或許能幫助大家心念一轉，重新打起精神。

語言學習無關成功與否，光是挑戰本身就能讓我們成長。因此你已經在實踐偉大的愛情，就連痛苦的經驗也是珍貴的過程，只要能保持熱情，就一定能實現夢想。我真心希望大家和外語的火熱浪漫愛情故事都能持續下去。

03 無可避免的窘境

在達到一定的水平前，認真學外語的人至少會經歷過一次這些事。有些應該可以說是一種進退兩難的窘境，有些可以解釋為必經之路。而肯定的是，幾乎任何人都會經歷這些事。而且如果遇到了，也會因為太出乎預料而感到苦惱。因此，如果身邊沒有人能提供建議，那些事都可能成為懷疑自己的能力或降低意志力的因素。這也是我為什麼堅持要說，說完才肯罷休的原因。

我第一次經歷的時候，也因為不明所以而感到相當混亂。我也曾想過「我和這語言合不來」，而且感到挫折和產生想放棄的衝動。但是我發現只要我每學一種新的語言，就會經歷一連串類似的症狀，到最後即使出現「奇怪症狀」，我也已經免疫，完全不會感到慌張。

這些來路不明的窘境其實是習得語言的必經之路，透過學習的過程自然能領悟這件事而感到安心。目前我已經有四次經歷，現在的我只要看到這種跡象，我反而不再害怕，會接受那就是外語能力正在進步的一種信號，甚至還產生期待感。

只是如果當時有學習前輩能早點告訴我，或許我就不會如此苦惱和擔心。因為心中留有這份遺憾，所以為了獨自煎熬、燃燒熱情的讀者們，我想無私地分享我的經驗。

不過我先澄清，這裡我所說的並非某個學說或研究結果，而是以我自己和身邊的語言狂他們的真實經歷為基礎所整理。那麼我就開始娓娓道來，究竟有哪些意外的經驗隱藏其中。

1. 感覺實力沒有提高，只是原地踏步

明明和之前一樣，抑或比之前更努力，可是有時候卻有種進步到某種程度後，卻只是在該狀態下原地踏步，或甚至有退步的感覺。與其用聽的，不如來看看下圖吧。

這是一般外語學習者的「語言實力提升模式」體感圖表。大家一看就可以發現長得很像階梯的形狀，而且如果仔細看，會發現線條本來平平地向前，然後再稍微往下

掉一點又筆直上升到比前一階梯還高的位置，這樣的狀況會一直持續反覆。當我把這張圖拿給至少學一種外語，且努力學到一定水平的人看，大概十之八九都會說「沒錯！沒錯！」激動地表示認同。

當自己因為進步而興奮不已，似乎就會發生瞄準這個時機測試自己耐心極限的事。你會突然覺得自己的實力裹足不前，大部分那種無奈感也會持續好一段時間，反而還會有種像退步一樣的短暫停滯期找上門。奇特的是如果這段期間不放棄，想盡辦法堅持下去，實力就會不可置信般明顯地進步。

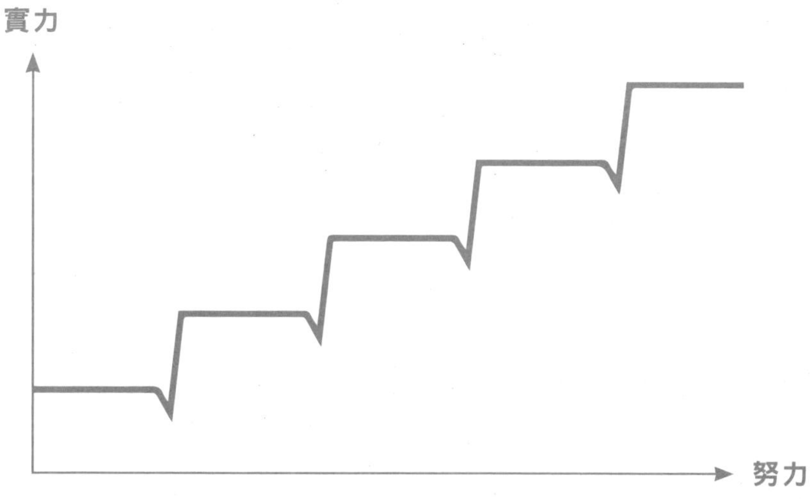

即使我無法以科學根據來說明，但是我能確定認真學過外語的人大部分都經歷過這個過程。如果沒有，那麼他可能不是太過遲鈍，就是語言天才。

如果再怎麼努力，實力還是停滯不前，就像持續走在平地上一樣，那麼任誰都會感到無力。這時候一小時就像一天，一天就像一週，讓人又難受又煩躁，甚至對自己產生懷疑。而且奇怪的是當自己覺得實力進步到某種程度時，卻正好遇到這個時期，真的會讓人怒火中燒，心裡冒出放棄的念頭。一般人會想放棄語言學習，正好就是處於這個時期，也就是走在「抵達下一個階段的平地」上的時候。

像這樣階梯式成長的語言學習模式讓人感到吃力是有原因的，問題就在於語言學習者絕對看不到下一個階梯大概在哪裡。更準確地來說，大部分的人都沒意識到自己正在往上爬。雖然事後回頭來看就會知道自己在往上，但是真的站上那條路時，無法知道盡頭在哪裡，只會感到茫然和恐懼。

「這裡是我的極限了嗎？」

「為什麼實力都沒變化？」

這些想法會填滿學習者的腦袋，讓人陷入自暴自棄的狀態。可惜沒有祕訣能避開或縮短這個時期。只能相信自己，不斷努力，這麼做就像一個解決方案，必須堅定自己的意志，不可失去耐心。事實上只要不放棄，一定能走到下一個階段，這也是一個希望。

因為我自己也經歷過，所以我想叮嚀大家認識這個階段。記住，當你覺得是不是遇到天花板時，就代表你正朝著再次飛躍的時機靠近，而且只要撐過這段期間，你一定會得到該有的回報。而且當你覺得自己已經連本來就知道的東西都記不起來，可是某天卻突然能流暢地說外語、連從沒想過要關字幕的外國電影也不知不覺都聽得懂和點頭稱是，這些看似不真實的事，你一定能體驗得到。

大家要記得，外語學習的模式像階梯，雖然好像沒有任何進展，但實際上語言實力正在進步。只是學習者通常感覺不到。

2. 感覺體內還有另一個我

學外語會發現「陌生的自己」。有不少人說：「明明我很內向，可是當我學了新的語言，用新的語言說話，我外向的一面就會跑出來，很不像我，感覺很尷尬。」其實這一點也不奇怪，因為語言不只是單純從口中流洩出來的聲音，而是完整蘊含讓該語言誕生的文化的各種臉孔。

因此學外語自然會吸收到該語言圈的人們的個性，雖然程度因人而異，但確實會受到影響。像我一樣學西班牙語的人，不管怎麼樣都會受到拉丁文化圈的影響，除了天生的個性之外，還會出現更外向且樂天的性格。而我學日語的朋友也說個性變得比之前更細心和仔細。還有我認識的人有個兒子在念國中，個性安靜內向到不行，去美國生活了兩年，個性變得開朗活潑到連父母都大吃一驚。

有一次我還遇過這種事。我住在巴黎認識的法國女教授中，有一位精通日語和韓語，有一天她邀請我去她家吃晚餐，我抵達後發現，在座有的人會說法語，有的人會說英語，有的人則會說韓語和日語。教授身為邀請人，負責準備晚餐，上法國菜時，就像高傲的法國女人一樣端著食物出來，指示丈夫幫忙擺餐桌，接著在上日式下酒菜時，卻不知為何跪坐著連連低頭，使用雙手恭敬地上菜。

剛開始我以為她為了有趣才刻意那麼做，後來我才知道她是受到長期海外交流生活和學語言的影響，自然而然做出那些舉動。她說因為她人生各三分之一的時間在日本、法國、韓國生活，身體早已習慣各國文化，所以才會下意識做出那些行為，連她自己都感到神奇。

從這些例子來看，要說學語言就像用全身接受新文化而重生也不為過。反過來想，如果能近距離接觸且接受該文化，那麼也可以在最短的時間內習得該語言。因此，無論現在大家在學哪一個語言，認識使用該語言的國家的文化和歷史、社會氛圍等非常重要，如果你冒出連自己都不知道的新面貌或個性，那你應該感到高興。

如前所述，每個人都有差異，因為與自己無關的陌生人物不會突然被創造出來，而是自己內心沉睡的自我以新的方式復活，也就是說某種程度潛藏在內心的傾向與新的語言結合而顯露在外。

而且改變的不只是行為或個性，因為各個語言使用聲帶的方式不同，聲音也會因語言而異。以我來說，包含韓語在內我會說五種語言，而我的聲音聽起來也會因為不同的語言而有明顯的差異。

例如我說韓語的時候，多少有點正經嚴肅，說英語的時候，感覺會比說韓語還自由，說西班牙語的時候，感覺會更活潑、更暢所欲言，聲音也會變大，進而影響到我的肢體動作，還有說法語的時候，我也會不知不覺像在竊竊私語般，說話時還挾帶許多鼻音，聽起來完全就像另一個人的聲音。雖然這件事不必想得很嚴重，但是不得不說這是個有趣的現象。

每個人的內在都會擁抱無數個自我而誕生。而且不只聲音，還有連我們都不知道的關於各種技術或能力的潛力。那些潛力會隨我們生活中的經歷，也就是外部的刺激或衝擊而迸發，或永遠不會甦醒。

我覺得外語學習很有魅力的原因之一，是因為它具有讓「沉睡的另一個自我和能力」復活的附帶效果。如果能好好利用這點，就能自主創造無數新的可能性，而且還能趁機改變自己不喜歡的個性。

如果你覺得「我不懂為什麼我會有這種傾向」或「為什麼我會用這種語氣和聲音說話」，那麼這沒什麼好驚訝的，你應該感到開心。因為這代表你正好好地內化現在認真學習的語言。

3. 感覺忘了自己的母語

在學習的過程中，不僅會感到外語實力似乎不再進步，而且說母語時還會想不起來單字或突然話講不清楚，或說出尷尬的用詞。這是為什麼呢？還有，這真的是需要擔心的事嗎？

在我說明成人學外語的情況前，我們先來看看在多國語言環境中成長的孩子們。有些孩子因為父母的國籍不同，能各自說不同的語言，所以在家裡可以同時聽著許多語言長大；或是有些孩子的父母雖然使用同一種語言，但是因為在國外出生長大，當和同學、朋友在一起時，或在學校上課時使用的又是另一種語言。如果你的身邊有這樣的孩子，大概也很有機會聽他們的父母在討論，說著：「我們家小孩話學得比同齡的孩子還慢。」

從小接觸許多語言究竟是好還是壞，至今學者們還是爭論不已。但是會發生這種爭論大多都是孩子長大之前的事，大部分的情況是等到孩子進入青少年時期，父母就會安心，因為他們會發現，自己的孩子比在單一語言環境中成長的孩子說話遲緩或結巴等現象只是一時。

如果全心全意投入外語學習的成人也可能會發生類似的情況，像是突然想不起單字，或說出不自然的話。因此，有的人會擔心在學外語的時候是否母語實力會退步，不過這種情形大概主要發生在部分單字或表達力上，而且僅是暫時現象，也就是說，無論何時只要再次讀母語書籍或以母語參與討論等，就可以恢復。以成人來說，母語實力要退步到難以恢復的程度，必須要在完全不使用母語，也聽不到母語的環境下長期居住，例如住在沒有網路的外國山村，只和外國人相處，並居住二十年左右才有可能發生。

如果原本大腦都只接受單一語言的指令，只用單一語言思考，這時輸入其他指令和思考體系，它就會暫時感到混亂，也會需要重新分配和接受兩套系統的時間。雖然大腦並非決定將母語完全驅逐，但是如果它為了按照新的訊號和指令行動而傾注全力，那麼它便不得不停下接收原有的語言訊號，本來的反應速度也會暫時鬆懈。然而這都僅只是一時，當大腦適應新的指令和體系，那麼回覆母語信號的速度也會毫無問題地恢復到本來的水準。

當同時學兩種或兩種以上的外語時，大腦也會出現更多混亂，甚至沒餘力思考新的語言和母語的關係，反而會歷經新學的兩種語言彼此混淆的時期。

當我同時學西班牙語和法語時就曾經歷過這段時期，當我刻意想用西班牙語時，卻奇怪地冒出法語，當我想說法語的時候，西班牙語就一定會衝出來，讓我感到相當混亂。然而這個問題也只是暫時的，只要撐過去，自然會解決。

所以如果你在學外語時，即使有「為什麼突然連韓語都想不起來？」或「我學的語言都越來越混亂了嗎？」的想法，也無須害怕。這代表你的大腦正在指揮交通，這時候重要的是要更努力學外語，因為這樣反而能幫助大腦更確實地接受新的語言體系。

到這裡我們認識了學外語的過程中會令人感到訝異的部分，想到有如此刺激的經驗在等著我們，不覺得讓人既期待又好奇嗎？而且沒經歷過辛苦學習過程的人是不會懂的。

語言學習不僅能讓我們能聽得懂其他文化圈的人所說的話，還能發現自己內在的另一面，獲得每一刻都是新挑戰的機會，這是這世界上最精采的事之一。

我希望拿起這本書的你一定要有耐心，享受所有過程，一步步走好這條路，然後我真心希望你能以不同的角度看待和感受相同的事物、事件、情感，享受更豐富的人生。

如果你真的為實力不再進步而煩悶，或是覺得自己好像不是自己而無法忍受時，或是有種奇怪的感覺，覺得自己好像要忘記母語了，我都希望你能開心地想：「原來我真的很認真學外語啊！」「終於我的外語實力有好好地進步！」因為這一切都是你正朝著新世界邁進的肯定訊號。

04 建構自己專屬的系統

我想大家都聽過，能快速學外語的最佳方法就是到使用該語言的國家生活。當然住在使用該語言的國家，就會不得不暴露在充滿該語言的世界，哪怕是去餐廳吃一頓飯或在超市買東西也迫不得已得說話，這和在自己的國家學外語絕對不一樣。

可是這也得看情況，像美國洛杉磯或澳洲雪梨當地就有很大的韓國城，在那裡一整天不講英語也能生活，甚至在那裡使用韓語的人口占大多數，當地人也會學韓語。

我還記得有一天我在洛杉磯韓國城的超市看到有位高䠷的美國青年，他用一口流利的韓語迎接顧客，讓我非常驚訝。在這樣的環境下，即使已經移民過來數十年，可是生活主要還是在韓國城，身邊也都是韓國人的人，大多數英語還是說不好。

我在西班牙也看過很多在當地結婚，因為經營韓國餐廳，去韓國人的教會，只和韓國朋友交流，也只收看韓國節目的人，所以三十年來都無法擺脫西班牙語初級的等級。雖然身在環抱地中海的伊比利半島，但是卻把環境設定為「韓國」，這也就和住在韓國沒什麼兩樣，雖然沒機會說西班牙語，但是也不會有任何不便之處。

我想主張的並非這樣的生活有問題，畢竟不管身處何處，只要自己覺得自在幸福不就好了嗎？加上即使移民過去，為了生計也可能沒有額外的時間或機會學語言。只是我絕對不建議想學外語的人，像我前面所說的那樣「將韓國原封不動地搬到自己所處的環境裡」。而且我想明示的是並非到國外生活，就能自然而然地把語言學好。我希望大家能記住，即使住在國外，卻把環境打造得跟韓國一樣，那麼學語言還是很困難，相反地即使待在韓國，也可以盡情地打造出有利於學外語的環境。

即使對學外語有著與眾不同的熱情，在說母語時一定還是比較自在穩定，因此強迫自己放棄舒適圈，為了學語言把自己丟進陌生、辛苦，充滿嘗試錯誤的生活裡，的確需要不少勇氣和覺悟。那些學語言的成功人士至少都曾將自己推進充滿挑戰的情況中，嘗試鞭策自己，刻苦努力。

世界著名的語言學家、哲學家、認知學家喬姆斯基（Noam Chomsky）博士有句名言：「快點學好新語言的最佳方法就是盡快忘記母語。」

我想喬姆斯基博士想說的應該是盡量減少使用自己熟悉的語言，讓大腦快點接受新的語言體系吧。換句話說，即使到國外，卻還持續使用自己覺得方便舒適的語言，那麼新語言進入大腦的機會自然渺茫，也就是說無論住在國外還是國內，把生活調整成想征服的語言的樣子，就能提高成功的機率。

打造像在外國一樣的學習環境

在我初學英語或西班牙語時，住在韓國幾乎不可能營造像是去海外留學的環境，雖然這已是多年前的事，但是當時沒有網路，首先能取得的外語習得資料就絕對不夠。找母語外師也難如登天，只能在翻譯書或字典水準與現今天差地遠的惡劣條件下學習。

然而現在的時代不同，只要有心就能取得幾近氾濫的語言學習資料和資訊，而且新的學習法如雨後春筍般登場，來韓國生活的外國人也大幅增加，現在反而成了資訊量太大有選擇障礙的時代。重要的不是有這些條件，而是自己如何主動且有智慧地活用這些條件。

雖然除了學習資料有所改善，出國也比之前容易，但是留學或長期旅行並非所有人都做得到。還有正如前面所說，並非前往任何一個地方就能好好學外語。因此，我希望大家不要用「因為我不能去國外留學」將自己設限，而不願意嘗試。現在那種話聽起來已經接近藉口的程度，因為即使在房間裡，能做的事情已經變多了。

問題只有一個，就是該怎麼營造自己的生活，才能身在韓國也像住在國外一樣呢？目前我已經接觸五國語言，現在只要有空就會去了解和挑戰新語言，是大家公認的語言控，讓我和大家分享我所使用的方法。

總之，這是我用來設定「自己專屬日常系統」的方法，看起來瑣碎，但非常重要。由於語言是我們生活的核心，我們會透過語言達成任何事，自己也會自然而然使用，因此比起坐在書桌前埋頭苦讀，將語言落實於生活中，才是學外語的決定性要素。

1. 將平常使用的電子設備和軟體的語言，調整成自己正在學的外語

最近出的智慧型手機、相機、電腦、平板電腦、電視、導航等各種電子產品都可

以設定各種語言，還有電子信箱或搜尋引擎也可以將語言改成正在學習的外語。雖然大家可能會想，這樣做真的有用嗎？但是因為將眼睛所及的所有東西都設定成非母語的其他語言，所以即使是確認一通電話訊息或一封電子郵件，也可以再一次用外語思考，光是這件事就能帶來超乎想像的差異。

當然將所有的語言設定改掉，一開始生活上一定很不方便，可是這種不便是想學好外語必須欣然接受的事。即使這並未對提升外語實力有直接的影響，但是這麼做的意義在於把環境營造成不斷提醒自己正在學什麼語言。因為如此一來能降低大腦對新語言的抗拒，還能幫助大腦熟悉和習慣新的語言。

2. 像興趣或習慣這類常做的事，以外語作為基本語言

例如運動或做菜，又或是看電影時，使用非母語且正在學習的外語的資料。當在家運動時，看國外教練的影片，或看 Netflix 時，只挑學習中的語言的影片觀看。

如果開車或淋浴時有聽廣播的習慣，那麼在學新語言的時期，就切換成使用該語言的頻道。即使無法收聽使用該語言的節目，又有什麼好擔心的呢？現在這個時代，

只要接上網路，不就能聽到看到世界各地、各個國家的內容嗎？

這麼做有個重要的原因，因為這麼做並非只是在理論上學得淵博，而是為了能有效習得並應用母語人士實際所使用的語言，所以必須熟悉使用該語言的文化，如此一來即使未在當地生活，也能發揮相當於在當地生活的效果。

如果多接觸電視劇、電影，或分享各種議題和文化資訊的節目，還有多聽飽含該國情感的音樂等，就能多少克服無法前往當地所造成的極限。雖然和使用該語言的國家有距離，但是接近他們生活的樣貌，自己也能在不知不覺中獲得吸收他們文化的機會。而且優點是不僅能和自己有興趣的事物結合，也有助於讓自己對陌生又困難的新語言感到更親近。

3. 轉換成「使用外語思考的大腦」

有很多人即使再怎麼認真學外語，實戰中卻好像踩了煞車的車子一樣，被什麼東西擋住。這是因為他們想用已經熟悉的母語思考再說話。如果不訓練自己戒掉這個習慣，直接以想學的語言思考，那麼大腦就會先用母語思考再翻譯成外語說出來，然後把聽到的訊息再翻譯成母語，但這樣一來將會造成時間延遲和翻譯不自然的問題。所以為了將大腦轉換成「用外語思考的大腦」，我付出很多心力自我訓練。

例如換字典。把經常打開來看的字典換成想學的外語的字典，是件比想像中還大的變化的開始。例如將本來看的字典換成英英字典。

有時候字典會因為所學的語言而難找，這時候可以使用 wordreference.com 這個網站。這個網站不僅可以用該外語解釋單字，還可出找出同義詞，或在好幾種語言中交叉搜尋並比較，功能非常多。即使只是在 Google 搜尋想知道的外語單字，來取代以母語解釋的字典也好。因為在看連同單字一起搜尋出來的各種資料時，也會在不知不覺中訓練自己以該語言思考。

4. 以正在學習的語言展開和結束一天

我喜歡早晚冥想。冥想可以穩定身心，同時讓人補充能量，在各方面對現代人的生活都很有幫助。幾年前當我感到職業倦怠，也確切感受到冥想治癒的力量。

所謂冥想，就是最終將我們的意識引導到現在。大部分的人都會無意識地被過去的不幸所束縛，或把精神放在尚未發生、未來的事情上而活。為了防止這種事發生，訓練自己「有意識」且安靜地觀察自己的內心狀態就是冥想。

如果將冥想和外語學習結合，即是在平靜地面對自己最深的「意識」時接觸外語，就像我的大腦是電腦，我跟它說：「這個語言是你也必須接受和理解的訊號。」同時改變設定，重新啟動。所以我睡醒的第一件事，還有睡前躺在床上冥想時，都會找外語節目來聽。

如果不冥想，那麼在意識和無意識之間擺盪時，也可以藉「聽力」接觸外語。利用睡醒或入睡的瞬間，或進入淺眠的時候。

有實驗結果證明，此時輸入腦中的資訊在事後反覆學習時，記憶力可以好上好幾倍。根據法國托馬斯・安德里隆（Thomas Andrillon）博士研究組發表於世界科學期刊《自然通訊（Nature Communications）》的研究結果顯示：「淺眠階段大腦可以學習」。即使是在睡覺期間聽到的內容，醒來後還是記得，就代表大腦發揮了一種睡眠學習效果。也就是說，在淺眠階段下聽到的內容，相較下好記憶，即使忘記，重聽反而能記得更清楚。

因此，即使不冥想，只要在快睡著時，也就是心情和精神狀態都平靜的時候，又或者是已經入睡或醒來的時候，聽外語是最好的方法。

語言在人類生活中負責必要的自我表達和溝通，以及貫通我們生活中心的要素。我們日常生活中的每個角落、醒著的每一瞬間都充滿語言。看起來瑣碎的努力才是換來巨大變化的基石，打造專屬於自己的學習系統，也有助於成功地引導你自主學習。希望大家別忘記，即使多少有些麻煩和不便，打造像在當地學語言一樣的環境，是為了自己一定得做的事！

05 丟掉一切至今所知道的學習法

我看過身邊有許多人說：「我努力學英語學這麼久，不知道為什麼都開不了口。」於是最後便舉白旗放棄。大家也曾經氣餒地想：「我好像沒有語言天分嗎？」其實在學外語的過程中，懷疑自己究竟學到哪裡，感到迷失方向是人之常情。

如果有人遇到這種危機，向我徵詢意見，我通常都會把外語學習比喻成「學習新的運動項目」，然後請他們想想看。因為兩者有著驚人的相似之處。

外語學習和運動之間有什麼共通點呢？我舉足球為例。如果有位選手不在運動場上訓練踢球，只看書來學習踢球的技術會如何呢？即使他知道的東西很多，可是當他站上球場，就能馬上發揮實力嗎？他先用「腦袋」學習該如何運球，什麼時候該傳球，判斷進球的時機等實戰技術，然後上場將這些技術一次到位地施展出來，這絕對不可能。巴西或阿根廷等國家是如何不斷培養出世界知名的傑出選手，如果仔細研究他們的祕訣，就能找出讓語言學習邁向成功的決定性線索。

曾在拉丁美洲國家旅行的人應該很清楚，每條巷子幾乎都能看到孩子們時不時在踢球玩耍。有人分析其背景是因為當地人本來就貧窮，沒什麼特別的娛樂活動，雖然聽起來悲傷，但是無論背景為何，中南美洲國家出身的選手即使未接受有體系的教育或訓練，他們在實戰上的確比任何人都還強。

他們有讓足球看起來不像「挑戰或比賽」而是「遊戲」的本事。無論再怎麼重要的比賽，似乎都沒人認為那是必須用盡吃奶的力氣奔馳、贏球的測試場合。他們都是足球達人，就像參加慶典般興奮且有節奏地移動，瞬間就能攻下對手的球門。不然怎麼還會有森巴足球這樣的稱呼出現呢？

學外語時只要想著「不需拚命記理論和原則，只要邊踢邊享受的刺激拉丁足球」就好。如果不想一輩子和書本搏鬥，可是當外國人出現又想逃避，那就有效率地念完理論之後，盡可能快點且大量地投入實戰。就像想踢好足球，即使跌倒受傷或吃盡苦頭，也要興奮地縱橫球場，而且不要像帶入公式似地踢球，要相信自己的身體，透過試錯逐漸熟悉技術。

外語也一樣。語言不是放在書裡的文字，而是穿梭在人的口耳之間，誕生又消失的「活的語言」，必須動用五感來體會和學習。這樣的學習過程絕對有趣，當感到有趣時，實力自然也進步得快。正如森巴足球一樣，把學語言當作是在玩，才可能不斷獲得動力學習外語。

或許會有人反駁，即使不會口說和聽力，只要看得懂文章，在傳達意思上不就沒問題了嗎？但是那就等於只學了一半。如果不能實際和某人說話溝通，那麼辛苦學語言的目的就會黯然失色。

以前的我不知道，在刻苦努力學會多種語言後，現在的我回頭看，才知道以前在學校學外語的方式絕對不是最好的。當然，我這麼說絕對不是在貶低至今我上過的學校和教過我的老師們。老師們在當時的環境下已經盡力，而我也覺得自己獲得很好的教育和成長。不過身為曾經使出渾身解數學習各種外語的人，我必須坦白地說出我深切感受到的痛點，就是以學外語來說，「以文法和考試為主」的教育方式真的糟糕透頂。

如果和各國學生投資在念書的平均時間相比，韓國絕對是世界第一。而且英文是上大學的決定性科目，自然學生們也會投入大量的時間在念英語。但只有這樣嗎？上大學後我們也無法停止學英語，因為找工作需要，甚至找到工作進了公司，為了抓住晉升等有利的機會，即使犧牲睡眠也得不斷念書。在如此強迫的學習觀念下，即使累成一灘爛泥，也無法放下手中的英語書，或明明無法好好上課，卻為求心安而不斷報名補習班的人不計其數。

育兒的人情況也一樣。如果想幫助孩子學習，或是不想讓媽媽丟臉，就很難放棄對學英語的迷戀。可是為什麼花了這麼多時間念英語，卻還是很難看到對英語有自信的人呢？怎麼會站在外國人面前，卻只是語塞和畏縮呢？

很多人會抱怨自己英語不好的原因是因為錯過學習的時機，可是這點我難以認同。他們不是錯過時機，而是很有可能以錯誤的學習方法浪費時間。

所以我想用力大喊。如果你真的想學好外語，現在還不遲，趕快把你知道的「坐在書桌前，打開理論書的學習法」丟掉，調整成正確的學習法，那麼任何人在人生的任何時期，都有機會成為外語達人。

原有外語學習法的問題

大家是否理解和認同英語學了這麼久卻原地踏步的最根本原因就是學習方法呢？如果是，那麼接下來要做的就是果斷改變學習方法。包括外語學習在內，任何事最終成功的人和失敗的人只有兩種差異。

- 發現問題後，是否將改變付諸行動。
- 遭遇困難，是否能不放棄且堅持到底。

後來我才知道，如此簡單的問題，成功的人卻很少，其原因令我驚訝的是，很多人意識到問題的存在，卻對該做的改變無動於衷。大家應該都知道，如果不去做，就不會發生任何事。那麼為了找到有效的學習方法，應該先做什麼事呢？首先，可以先從思考過去的學習方法有什麼問題開始。

我認為目前的語言學習方法最大的問題就是「忽視聽力和口說」。前面談到多語高手共通點的章節有提到，他們在學新語言的初期，也就是熟悉字彙、文法，不，甚至是開始學字母時，就馬上進行聽力和口說的訓練。

可是學校或補習班採用的外語教育方式和多語高手的學習方法天差地遠。因為把大考、證照、考試成績等當作目標，所以幫助考試解題的理論學習成為優先順序。

然而學習好幾年非常詳細的文法和解題技巧，聽力和口說卻像必須等到文法、字彙、閱讀等學完了才能開始學一樣，被擺在後面，這樣的教學方式有很大的問題。因為學語言不會將聽說讀寫分開學，如果真的得訂下學習順序，反而應該先學聽力和口說。

目前的學習方法還有一個大問題，就是「書中的內容和實際使用的內容差異太大了」。大概有許多人在學校認真學了幾年外語之後，實際到使用該語言的國家去，卻發現一句話也聽不懂，話也說不出口，只覺得慌張和空虛。換句話說，就是學了一無是處的東西。

此時就必須思考語言的屬性。人類出生後，自然就會經歷學習說話的過程，而這並非選項而是必須。傳達自己的意思、聽懂對方的話、上學、交友、工作等，為了生存，無論如何都得使用語言這項工具。這裡最重要的關鍵字是語言是「工具」。換句話說，如果不能把工具用在對的地方，那它就失去存在的意義。

舉例來說，因為產品故障，所以買了修理工具。該工具有完美的使用說明書和各式各樣的零件，可是真的要用時卻啟動失敗，那這算是個好選擇嗎？這種東西就算帶在身上一輩子，也是無用之物，還不如馬上丟掉，重買一個有助於解決問題、有用的工具。

相同地，如果我們學的語言並非實際上可以與人溝通的內容，而是只存在於書中的知識和用語，就代表我們學到的工具只有滿滿無用武之地的零件。

如何學習外語

我們來想想當初為什麼要學語言。學一種語言要深入了解使用該語言傳達意義的方式和體系，也就是除了主要的文法規則和結構之外，還要能在實際生活中使用才有意義。

換句話說，語言要能在街上、餐廳裡、會議上、和朋友在一起的派對上使用才行。我們都希望能用該語言表達感情，理解對方說的話，說服某個人，並且感動對方抑或被對方感動。即使說的話不完美，也要有效傳達自己的重點，不該被理論囚禁，和真正的表達方式產生隔閡。俗話說有用才是寶，即使有再多的知識，說給另外一個人聽時，卻無法傳達任何意義，那麼語言就等於喪失功能。因此，結論很簡單。

1. 不要依賴書本，選擇能夠接觸到生活化語言的學習方法。

2. 雖然累積文法等基礎知識固然重要，但是不要只拘泥於此。

3. 不要把聽力和口說的學習順序往後推。

學語言應該像孩子一樣，有話就說，有什麼聽什麼。此外，要一直思考均衡學習聽說讀寫四個領域，才能完整習得一項語言。

把實踐這三件事當作目標，制定具體的實行計畫，選擇適合的教材和資料來學習，就能越過目前學習方法所築起的路障，並使用真正的語言。

從現在起，不要再用一輩子捧著書卻無法開口說話的皮毛式學法學外語了。如果大家目前的學習方法和接觸生活化語言有很大的距離，就果斷地拋棄原有的學習方式，學習真正的語言吧。只要選擇正確的學習方法，持續努力學習一段時間，就永遠不嫌晚。如果有一點勇氣和行動力，那麼大家夢寐以求的那件事不久就會成真。

03

PART

100天計畫
第1階段——打基礎

不是不要害怕犯錯，
而是犯的錯越多，
學得越快。

01 計畫細部化和教材選擇法

從現在起我將正式介紹，過去三十年間我付出努力和試錯，將各種語言能力提升到我滿意的水準，所獲得的訣竅。我提議的學習方法，建議大家都能以「100天」的時間為單位進行，我也會在本書的〈PART 3〉〈PART 4〉〈PART 5〉仔細說明。〈PART 3〉是鞏固基礎的準備，〈PART 4〉是建立框架和累積實力，〈PART 5〉則是建立學習習慣，告訴大家日後也能獨自持續學習的方法。

在我進入正題前，有些事我想先說清楚。「口說速成課」「30天學完英語」等聽起來誘人的廣告文案，和標榜兩週就能擁有選美小姐身材的減肥藥廣告無異。雖然減肥有些不同，有時的確會有快速瘦身的情況，但復胖的機率也近乎百分之百。

像這樣甜蜜的廣告文案最大的錯誤就在於「學完」這個用字，因為語言學習沒有學完的一天。語言會隨世界的變化不斷進化，自然也學無止境，因此學外語一開始便無「學完」的概念，不要期待能一蹴可幾。也就是說，大家必須了解各自想要達成，以及現實中可完成的目標到哪裡。

那些充滿誘惑的宣傳文案，說得好像馬上就能成為語言流暢的有能之士，但是那些話還有一個漏洞，就是文案中標榜的短時間。一夜之間就如有神助般地說出流利的外語，這樣神通廣大的事不會發生在外語學習上。無論是下定決心好好學習，還是不知不覺暴露在該語言的環境，以種瓜得瓜這種不變原則來看，都必須投資最起碼的時間。因為每個語言都有必須習得的基本知識，所以要一下子濃縮裝入腦袋是不可能的。因此前面提及的文案，只不過是漂亮話而已。

每個人學外語的理由不同，想學到什麼程度也天差地遠，怎麼可能篤定在短時間內就能學到讓自己滿意的水平呢？那麼為什麼這本書又提出「100天」這樣的時間呢？我主張的並非實踐100天的計畫後，就能奇蹟似地完美使用一項語言，而是想給像我一樣對外語有熱情的人一個坦白且實際的建議。

容我再次強調，100天內學完外語是不可能的！只是如果能制定出好的計畫和學習方法，持續進行而不放棄，那麼這段時間足以幫你達到可以獨自學習的水準。

１００天並非成為語言達人的時間，而是幫語言實力加速，讓你達到自學也能持續下去的程度。就像學騎腳踏車時，幫大家提升實力到能夠拿掉輔助輪、不需有人在後面幫你抓著腳踏車穩定重心。當自己可以維持平衡之後，就可以自己多踩腳踏車了，雖然還是會感到不安，但也只是希望有人在一旁看照。外語學習也是如此。

那麼我們先來仔細了解１００天計畫中的前３０天該怎麼使用。第一個月要做的事，簡單來說就是準備必備的工具和暖身。其中最先要做的事就是制定最符合自己語言學習目標的計畫。

語言學習唯有在一定的時間內持續努力才會成功，必須建立自己的原則，以免三分鐘熱度。需要縝密的計畫，可是不要超出自己的能力範圍。這不是一場一百公尺的賽跑，要當作在跑一場馬拉松，保持穩定的步伐，繪製出跑步路線的藍圖。

好的計畫是成功的一半

雖然草擬計畫的人很多，但是制定計畫比想像來得更重要。因為計畫是失去方向或容易浪費時間的自己在自學時的指南針和基準。扎實的學習路線和可實現的計畫再加上熱情，這時才能看見努力的成果。接下來應該選擇適合自己的教材和老師，然後執行符合聽說讀寫各領域最有效的學習方法。

1. 將達成最終目標的時間設在有點遠的未來

努力制定計畫卻總是失敗的人有個最大的問題，就是過度擔心自己會墮入「懶惰地獄」。於是那些人太過勤奮、太有野心，便制定出太貪心的計畫。

奇怪的是，他們越是制定難以實現的計畫，就越容易誤會自己已經做到了，而且還感到志得意滿，可是終究持續不了太久。剛開始雖然不難執行，但是當遇到難以避免的情況，或一旦開始渙散，少做某件事，又或是看不到明顯的變化時，當初懷抱的熱情有多大，感到氣餒的速度就有多快。

成功的祕訣是將目的地設在遠方，並制定可實踐的計畫，相反地，野心太大的人會設定短期目標，選擇以超負荷的快跑方式學習，自然失敗率也會上升。很多人傾向高估一年的時間，而小看一輩子的時間。如果想到這件事，那麼就能更輕鬆地制定計畫。也就是說如果把實現最終目標的時間放在看起來有點遠的未來，那麼一切都將變得不一樣。

舉例來說，我們先設定不是下個月，也不是一年後，而是「五年後」能「不需字幕裸聽英語新聞、在國外旅行不用翻譯機、找到國外的工作」為最終目標。如果期待短時間外語實力就有戲劇性的成長，英語單字全都聽得懂，想說的話都說得出口，那麼成為外語達人的夢想就像座難以翻越的高山，但是如果以充足的時間來看整體計畫，就會知道一定能實現。發現學習的絆腳石不是學英語這件事，而是自己「太焦急」。

決定好最後進球的地點後，重要的就是將時間拆成小單位，制定縝密的計畫，每次都是一定能完成的學習分量，然後持續實踐。而啟動這一切的過程就是「100天學習法」，如果能順利完成第一個100天的任務，成功獨立學習，那麼之後的過程就會更簡單、更有趣。因為知道即使跌倒或速度變慢也還有充足的時間挽回，所以看著細心設定好的指標，就會有自信也確信自己做得到，進而收起心中的不安。

2. 制定計畫的順序「由大到小」

制定計畫時順序很重要，訣竅是從最大的項目出發，逐漸下降到小單位。最先要做的就是像下面一樣，決定出明確又大的框架。

- 兩年後多益800分
- 三年後可收看無字幕的英語新聞
- 五年後在國際公司就業

簡單說，一天要背幾個單字等問題以後再思考。如果不先畫出計畫的全圖，那麼即使制定細部的讀書計畫，也難以判斷執行起來是否有用。

例如，我們假定「收看無字幕的英語新聞」為大目標，然後再一起制定假想的計畫吧。首先要考慮到的就是「如果要聽懂英語新聞，需要培養什麼能力呢？」。我想最重要的應該是「字彙、聽力、時事常識」吧。先把這三項定為具體的學習項目，接著再思考該做些什麼才能鞏固各項目的實力。

首先是字彙的部分，因為新聞出現的專業用語很多，所以建議可以先集中學習與時事相關的單字。可以透過Google搜尋，或找整理最新時事英語單字的書籍來看。由於新聞有特定的句型，所以學習句型也很有幫助。既然如此，做一本單字本似乎也不錯。

接下來是聽力練習。畢竟要時不時打開新聞來聽，那麼手機APP就很有用。安裝各種新聞頻道的APP，只要有空就把即時新聞打開來聽，或是從有興趣的分類找新聞來聽，也可以訂閱快報或新聞摘要的服務。

最後，以新聞的內容屬性上來說，

第1階段（目標）	第2階段（決定學習項目）	第3階段（細部化實踐方法）
收看無字幕的英語新聞	字彙	・學習最新的時事單字 ・學習英語句型 ・製作單字本
	聽力	・安裝新聞頻道APP ・訂閱新聞摘要服務
	時事常識	・經常看翻譯成韓語的國際新聞 ・吸收時事常識

除了需要英語實力，也需要一般的時事常識。建議可以多看翻譯成母語的國際新聞，並搭配學習時事常識。

以這種方式設立最大目標，然後再慢慢進入細分的階段，像是為了達標需要什麼，培養出那些能力應該做什麼，想執行具體的課題又需要什麼資料或工具等，同時制定讀書計畫，才能獲得扎實的成果。

這樣的計畫表可以輕易找出該做什麼，以及在執行的過程中確認問題所在或方便修正，如果想制定這樣的計畫表，那我要叮嚀大家按照前面說的順序制定。這就跟蓋房子時畫的建築設計圖原理一樣，先畫出整體構圖，再逐步畫出細節。如果沒有考慮整體構圖，就先把家具搬進去或隨心所欲地打掉牆壁，很可能會導致過程沒效率或蓋出有致命缺點的空間。

3. 將實踐方法寫進時程表裡

如果已經細分好三個階段的實踐方法，那麼便將那些方法帶入日常生活中吧。假設有一位目標是「輕鬆看英語新聞」的大企業員工金先生，讓我們幫他制定計畫吧。

為了增加字彙量和讓聽力進步，先設下「一週聽5個小時和背30個單字」的具體目標，接著訣竅就是盡可能仔細分配並記錄下來。

首先因為一週要投資五小時在聽力上，那麼排除週末，每天要花一小時的時間，所以在安排星期一到星期五的行程時，就將那一小時安排進去即可。

星期一 雖然公司的業務和會議多，但是因為可以準時下班，於是我便和同事簡單吃個晚餐，回家聽我喜歡的文化主題 BBC Podcast。

星期二 因為業務相較下較少，先避開午餐邀約，簡單吃個三明治之後，去公司圖書館，戴上耳機邊看稿邊聽有聲書。

星期三 因為今天晚上要去健身房，所以在做肌力運動時聽流行樂，跑跑步機時，邊看 CNN 新聞。

星期四 下班後在家裡邊吃晚餐邊聽 TED。

星期五 邀請朋友一起看英劇、美劇，或是看一部說英語的電影。

以這種方式制定具體的計畫並付諸實行。

字彙也一樣。一週要背三十個，一天就要背六個，可以在上班時、午餐時、下班時各背兩個單字。如果先決定好每週要背的單字再執行，就絕不會有壓力。

4. 制定寬鬆的計畫

制定好計畫表後，執行的過程中，一定會發生不如剛開始預期、無法實現的事。因為我們是人，所以偶爾會有難以憑意志來控制的狀態問題，有時候也會有學習不順利或單純不想念書的日子，或是也可能會發生無法避免的事。

考慮到萬一的情況，有寬裕的時間才能彈性調整計畫和補強。而這些時間在順利遵守計畫的時候，就能成為追加學習的額外時間，相反地也能減少需要全部重新計畫框架的風險。所以一定要記住，不要將計畫排得太緊湊，要確保留下充分的寬裕時間，這樣從結論來看，反而能更快達成目標。

此外，雖然每天都必須進行最少分量的學習，但是如果本來一週當中會空下一兩天，可是卻選擇在那一兩天額外學習，就可以稱讚和獎勵自己，這樣學習更有效。

像這樣設定和達成小目標，並以此作為動力，朝更大的目標前進，在英語叫做「small wins」。小進展會成就大力量，將自己最終想抵達的目的地揣在懷裡，累積小小的成就是優秀的學習方法。像這樣透過階段性獲得滿足，賦予自己更多動力的小設計，以及確保可拿來做各種利用的寬鬆時間，對外語學習來說真的有很大的幫助。

挑選教材的方法

這次我們來看看挑選教材的訣竅吧。首先自己得滿意整體的設計，雖然這點大家可能有點意外。總之挑書要看書的大小或厚度如何，翻開來看的時候舒不舒服，設計和字體是否可讀性高等。

外語學習的教材最好要讓自己不自覺地想拿起來看和擺在身邊，因為要常拿在手上看，所以如果排版粗糙或複雜，查找困難，光看就覺得頭痛或不舒服，那最好將這種教材從優先順序中排除。

接著來看書籍的作者和出版社。以我自身為例，我會特別看作者是否有我想學習的領域，如會話、翻譯等特定領域中值得信賴的經歷。

以外語來說，即使作者拿出再出色的理論，自己卻從未習得該語言並拿來使用的經驗，那麼他的理論就等於無用之物。即使論文寫得再好，有好幾個博士學位，在外國人面前卻默不作聲，這樣的人寫的書我真的不推薦大家買來念。雖然履歷漂亮，可是他所傳授的外語祕訣又有什麼用呢？

我在挑選教材時還有另一個嚴苛的標準，就是例句和重點整理。很多人常忽略這一點，可是重點整理和例句意外地是左右教材品質的要素，當然本文的內容也很重要，這點無需贅言。必須檢查本文是否言簡意賅，直搗核心且完整等。但是語言還是得學習實際上如何使用，才能真正成為自己的知識，所以書中收錄什麼樣的例句也很重要。

尤其我建議大家一定要檢視書中的例句，是否反映出使用該語言的國家的文化。

如果例句的內容只是將僅能在韓國使用的句子以該語言直譯，那這樣的句子就無法在當地好好使用。因此，例句的內容是否融入該國家人民的情感或文化，將會為學習成效帶來比想像中還大的影響。

此外，因為不可能記下所有說明的內容，所以挑選有重點整理，也就是簡單明瞭地整理出本文重點的書，學習就會更有效率。

還有一個祕訣就是挑選全方位的教材。現在有不少出版社即使是文法書，也會同時附上電子書和音檔說明，或是以教材為基礎，開設免費的 YouTube 課程。買書只能盯著文字，自己嗯嗯啊啊讀書的時代已經過去了，因為資料匱乏，書不好讀的世界也早已在歷史上消失，現在這個時代需要的是「選擇」的妙趣。希望大家記住，能夠邊聽邊讀，全方位領悟語言的教材不勝枚舉，如果選擇這種教材，花同樣的時間讀書，獲得的成效卻是好幾倍。

最後，選教材時不要太貪心，同時也不要害怕。如果選擇超越自己程度太多、太難的書，最後就會放棄，反之，選擇太簡單的書，反而不會進步。雖然至少某種程度上要好讀，但是挑選認為可以挑戰看看的書，撐過稍微吃力的過程，才能跨入下一個階段。

以我的情況來說，我都盡量挑選原文書，甘願接受可能隨之而來的辛苦，即使還在入門階段也是如此。我選擇所有說明都是用我想學的語言所寫，從還在熟悉字母時，就上原文課程，即使辛苦好幾倍，語言實力卻能以同等速度提升。如果比起小碎步，更想大步地走出學習成效，那麼我會強力推薦選擇原文教材和課程。

先在網路上搜尋，並且確認和檢查這些要素，挑選幾個候選教材後，盡量去書店看實書。外語教材和買小說不一樣，親自到現場看過之後再做選擇最準確。如果必須直接從國外買，那麼無法看實書的替代方案，就是仔細閱讀該教材的評價，但如果不是這個狀況，親自看到實書，比較幾種教材的內容後再選擇，才能提高選擇的成功率。

如果連教材都準備好了，那麼實際學習的事前準備就算完成。如果你是廚師，也相當於食材和食譜都已備妥。來，那麼我們就開始開心地做菜吧！

02 理解想學的外語的根源

料理的第一步驟是什麼呢？就是馬上檢查準備好的食材。了解食材的產地和生產方式、新鮮程度、分量是否充足、每種食材的味道和營養成分為何，以及每種材料該怎麼調理、調理時間多久，才能做出最美味的料理等，了解這些都是料理再基本也不過的前置作業。

語言學習也是如此。從現在起我要解說的過程，可以說是最基礎的部分。雖然不檢查食材也可以做菜，但是就像想成為優秀的廚師，不能省略這步驟一樣，學外語時如果也能做到這點，就能看得更廣，有助於學習。

如果菜做不好，那麼下次做其他料理即可，但是語言學習要回到原點重新挑戰卻是件讓人不得不頭痛的事。運氣好的話可以安然度過，但是如果忽略這步驟盲目開始，後果可能難以收拾。而且按部就班踩著基礎步驟走下去，才能減少接受和適應新語言的時間，也能更有效率地學習。那麼正如廚師要做出美味又營養滿分的佳餚而檢視食材，外語學習者又必須打下哪些學習基礎呢？

語言的系統性分類

我推薦學新外語時，而且我自己也一定會做的事，就是了解該語言的根源、背景、特性、字母和發音等。語言也像人一樣，有祖先也有各自的特性。以哪一塊大陸為背景，走過什麼樣的歷史，都深刻地影響語言。而且那些因素不只影響一個語言的特徵形成，也扮演著讓該語言使用者的傾向和文化演變至今的重要角色。

語言是人類生活和歷史的中心，因此了解一個語言從誕生至今的歷史和過程中，與其建立起關係的其他語言，以及該語言的使用者，對於學習該語言會有不少幫助。

就像人有族譜，語言也有家譜，光只是瀏覽就能看出語言的整體走向。目前全世界有近七千種語言，大略可分為一百一十種語系。

其中屬於主要六大語系的語言，使用者約占世界總人口的六分之五。那六大語系分別為亞非語系、南島語系、印歐語系、尼日—剛果語系、漢藏語系（喜馬拉雅語系）、跨紐幾內亞語系。這些語系中，我主要學習的語言都屬於印歐語系。

看下圖可以一眼就看出哪些語言之間關係是遠是近，也能掌握語言來自何處。例如西班牙語和葡萄牙語最接近，和法語、義大利語一樣有性別概念（事物存在男女性別，冠詞也會因性別而異），且文法和動詞變化複雜，亦是羅曼語獨有的

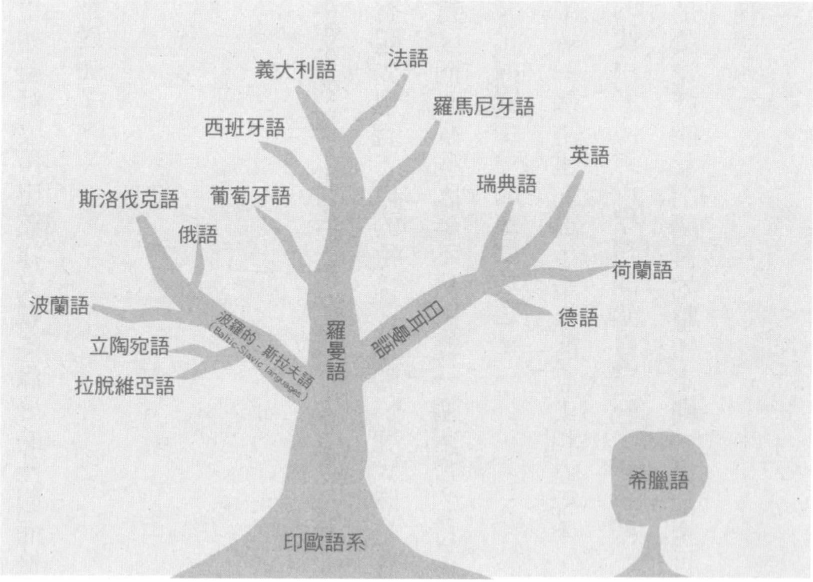

特徵。

另外，像德語和荷蘭語與羅曼語的祖先算是遠親，雖然語言中也存在性別之分和變化，但是隨著歲月流逝，也逐漸和西班牙語、法語等語言走上不同的道路，正如他們的民族性一樣，具有較多稍微慓悍的聲音，相較下也更講究原則的日耳曼語特性。還有像韓語是重視敬語的語言，或其他像中文一樣重視聲調的語言。建議大家在學習前，都能先掌握這些特徵。

就像人也會隨著祖先不同、在哪一塊大陸上進化，身體特徵、強項和弱點也會不同，語言也會根據其背景，理所當然使用不同的字母，而且語言的音值（phonetic value）和發聲方法也會不同。在摸索完語言的根源，查看語言家族史，同時判斷哪裡該用力地學習或放鬆地學習，這就是語言學習的第一步。

把這些知識擺在心裡，來學習字母或基本的子母音吧。把子母音記熟，並非單純為了閱讀文章，而是要先掌握和熟悉主要字母的音值，才能開始好好訓練聽力，也是為了達到最終目的——口說——的必經之路。

03 聽力 開始打開耳朵的背景音樂讀書法

聽力和口說越早開始越好，可是不同階段的練習方法不同。在學新語言時，以聽力來說，會從比起聽語言更像是聽噪音的階段開始。雖然大部分的人認為脫離這個階段的當務之急是背單字，但是這並非絕對，因為即使知道每個單字的發音，那些音值在噪音中還是無法聽得很清楚。那該怎麼做才好呢？

首先應該要盡可能在聽起來像噪音的這個階段多聽。雖然大家可能會想這是什麼意思，但是將耳朵持續暴露在語言中一段時間，在聽到一個臨界點時，就可以開始區分音節，將語言聽進去。即使可能還不知道意思，但是聽到的已經不是一團噪音，而是具有音值的聲音。此時如果有字彙力當作後盾，就會很有幫助，所以一邊「盲聽」一邊背單字絕對有利。

至少在進入字彙或文法等基礎學習前，大家可以觀察孩子開始說話的過程，來了解「為什麼必須馬上開始聽」。

美國語言學協會的研究結果指出，出生約六週左右的新生兒會開始發出「a」「e」「o」等母音，以人類的語言來說，這是三個最基本的母音。可是為了發出這些聲音，必須長時間沉浸在聽不懂的語言中，讓大腦藉耳朵聽到的聲音接受刺激，漸漸培養出從噪音中區分音值的能力。

對孩子來說，他們從未接觸過任何語言，但是卻能毫無過濾地接收所有的聲音，六週後就能發出基本母音來。以天數來算，一共是四十二天，扣除睡覺時間，至少需要七百個小時。雖然相較下大人比較不利，但是也有優點，所以假設條件差不多，即使狀況會因人而異，還是可以知道必須投資相當的天數，讓耳朵暴露在該語言中。如果不是什麼都不用做，只需念語言就好的狀況，那就更應該為了聽那個語言，割愛生活中所有的零碎時間，動員一切可行的方法，強迫自己打開耳朵去聽，即使聽起來像噪音一樣。

這個方法是正式訓練聽力前的暖身，重點是即使聽不懂也要持續聽。早上一睜開眼睛，以一頭亂髮的樣子喝杯咖啡、淋浴時、準備上班時、幫孩子做飯時或打掃洗衣時等時間，隨時都可以播放該語言的內容當作背景音樂。

內容可以是電視節目、電影，或難易度不高的兒童節目或動畫，找自己有興趣的主題來聽也不錯。即使幾乎聽不懂，但是很偶爾當似曾聽過的單字從耳邊掠過時，都會讓人產生勇氣和受到刺激。

最近無論哪個國家大部分的國營電視台都會製作自己的 Podcast，只要進入電視台網站，按主題搜尋，每天都會有新的優質廣播節目可以聽。或是聽 YouTube 上大量為入門學習者開設的母語人士親授課程，或持續聽想學的語系的電影作品都會讓人受益匪淺。如果無論如何都覺得很困難或聽累了，就聽以該外語唱的歌曲也不錯。因為重點在於打造讓耳朵持續聽到想學的語言的環境。

我初學西班牙語時，國內很難找到適合聽力學習的資料。結果，大三去馬德里進行語言研修時，讓我不得不接受殘酷的事實。雖然在校成績名列前茅，文法知識或單字量充足，但是我卻連打招呼都聽不清楚。丟臉到我經常得隱瞞自己主修西班牙語的事實，甚至還撒謊自己主修韓國文學。這樣淒慘的結果，就是因為當時的學習方法不看重聽力和口說。

於是苦惱該如何才能快速打開耳朵的我利用當時西班牙電影院每週三女人可以免費入場的活動，一週花一天的時間在看電影上。每週三凌晨我就到電影院報到，接著從早上到深夜，一動也不動地一部接著一部看，想當然不可能會有字幕，所以真的看得很辛苦。但我還是撐下去了，堅持反覆這個過程，等到一段時間過去，我發現本來聽起來像噪音的西班牙語，我開始清楚聽到一個個單字了。

學法語的時候我也不管聽不聽得懂，除了睡覺時間，我整天都在播放法國國營電視的節目，然而就在某一天我吃晚餐時，發現我居然聽得懂新聞的內容，讓我驚訝不已。

學義大利語時也一樣，我在和老師開始上課前的一個月起，無論坐著、站著，吃飯或運動，我都盡量只聽義大利語。這樣做一樣從某個時間點起，義大利語本來聽起來像嘈雜的市場噪音，頓時卻聽起來像人類的語言，我的耳朵開始能區分出一個個音值，帶給我既神奇又快樂的體驗。

04 口說

習慣說外語的自言自語讀書法

必須和聽力練習並行的就是口說。孩子剛開始學說話時，會非自願地經過一段長時間的聽力練習，然後自然而然地說出一句話，但是大人的口說練習方法絕對和孩子不一樣。因為大人的腦中已經建立一種語言的體系，耳朵和舌頭也都已經熟悉母語，加上從現實面考量，可以投資在聽力的時間也有限，所以學習外語的年紀越大，越要儘早讓口說和聽力同時訓練，不要延後口說訓練比較有利。

口說的暖身和聽力的不同之處，就是需要帶著更主動的態度。初期的聽力練習不需要掌握單字的意思或刻意區分音節，只要把耳朵打開就好，可是口說練習並非如此。畢竟耳朵本來就一直是打開的，無需特別努力就能聽到聲音，但是嘴巴必須要靠自己動起來。

這個階段的口說練習並非使用該語言表達自己的想法，最好以下面兩點為目標。

- 讓舌頭熟悉陌生的發音
- 無論聽到什麼聲音都跟著模仿

這也是讓大腦習慣以外語思考並直接輸出的方法，而不是先用母語思考再翻譯。

那麼初學者該如何獨自練習口說呢？

1. 反覆練習到熟悉新的發音為止

讓舌頭熟悉發音是什麼意思呢？也就是熟悉使用舌頭的方法，以發出母語中沒有的發音，或是熟悉控制聲帶力氣的方法，讓自己能發出準確的發音，簡言之就像是嘴巴和喉嚨的暖身運動一樣。每一種語言都有各自不同的發聲方式，當新接觸的語言有特定的發音，那麼就需要多練習舌頭的位置或模樣。而且有時候甚至得花更多時間，改掉小時候就學會，且下意識就能執行的聲帶調節方法。

為了幫助大家理解，我舉西班牙語的發音為例。西班牙語雖然發音較英語或法語簡單，但是「R」的發音很特別，有的人在初學時會害怕或認為永遠解決不了這個發音問題。如果想正確發出西班牙語的「R」，必須讓舌尖靠近上顎後用力送氣，但是舌頭又不像韓文的「ㄹ」或英語的「L」一樣，確實地頂在上顎，也不像英語的「R」一樣，將舌頭後方捲成圓圓的狀態。除了掌握舌頭的形狀和位置難，要在那種狀態下，從喉嚨送氣，讓舌頭抖動，也真的很難。

這點就是和從小就接受訓練的母語者的差別，我們一輩子都沒嘗試過那種發聲方式，如果非刻意為之，很難將發音發好。所以在學的時候就必須馬上整理這樣的發音特性，並在初學的第一個月時時練習，讓自己的舌頭熟悉新的發音方法。以我的情況來說，為了正確發出西班牙語的「R」，我會在說韓語時盡量將「ㄹ」發音換成西班牙語的「R」，無時無刻地練習，且為了找出能從喉嚨用力送氣的方法，我也經常進行各種實驗。

2. 聽到什麼就跟著模仿

將正在學的語言的各種內容當作日常生活中的背景音樂，每當能夠辨識出音值時，就盡量模仿。即使不懂意思，或只聽出單字的一部分也沒關係。也不用擔心說得不標準，將重點擺在盡可能模仿，喃喃自語地說出來即可。可以把這個想成是〈PART 4〉要介紹的跟讀（Shadowing）的準備過程。

這是我在長期的經驗和試錯中所領悟的學習法，和最近掀起熱潮的跟讀法類似。雖然我並未正式為這個方法命名，但到現在我才知道原來自己也在不知不覺中，一邊跟讀一邊學外語。看來為了學外語費盡心思的人，在經驗之中發現最好的學習方法，最終都會導向同一個地方，也可以解釋成沒有任何方法，會比自己經過各種嘗試所找到的學習法更好。

理論上再怎麼完美理解發音規則，如果都不親自開口說說看，就無法確切知道發音的感覺。由此可知並非知道原理，一開始發音就會很好，或是只要開口就說得出來。語言學得很快的人大部分觀察力出色，像猴子一樣擅長模仿。因此，如果你想輕鬆沒壓力地讓自己的嘴巴記住說外語的方法，應該聽到什麼，就盡量模仿。

3. 用外語自言自語

大人學外語，大腦會造出最適合母語的句子再翻譯，可是這個過程是學外語最大的障礙。關於「培養外語腦」我會在聽力深度訓練階段再說得更仔細，不過在基礎階段，我們可以透過小小的實踐來暖身。

即使我們平常不會意識到，但是腦海中一閃即逝的想法，即是不會說出口的話真的很多。如果把那些話用外語說出來，就能訓練大腦不經過翻譯自動輸出，也就是養成「用外語自言自語的習慣」。剛開始大家可能會覺得茫然，不知從何下手，但意外的是很快就習慣了。

例如學英文時，持續做出以下的小努力。早上醒來將腦海中閃過的「現在大概幾點啊？」以「What time is it now?」說出來，如果想到「現在該刷牙了」就馬上邊說「Okay, it's time to brush my teeth.」，邊走向浴室。

腦海中無意識出現和消失的句子不勝枚舉，習慣將這些句子馬上以外語說出來，會有大腦以為我的所在地在國外的效果。如果是在當地語言研修，應該會對室友這麼說。

如果一開始很難，可以使用稍微簡便的方法。將平常常出現的想法或自言自語的內容記下來，然後使用正在學習的外語事先準備好後背下來，接著在對的時機喃喃自語般地說出來。像這樣反覆進行幾天後，從某一刻起那些話就會自然而然地脫口而出，就像自言自語一樣。

在熟悉這麼做之後，就試著將分量大幅增加。例如：「快起床，該沖澡了」「今天要穿什麼呢？」「天氣真的好好哦！」「午餐要吃什麼呢？」「我覺得點心吃提拉米蘇不錯」「晚上想去電影院，要找誰一起去呢？」等，什麼句子都無妨，說得不完美也沒關係，抱持著盡量將自言自語都用外語來說的想法，引導大腦跳過在母語和外語之間來回的中間過程。

到此為止可以說是聽力和口說的暖身過程，或許熟悉傳統學習法的人會感到陌生，但是如果大家想想人類是如何學習自己的母語，就會知道這些學習法既自然又有效。從今天起馬上將頻道固定在外語頻道，隨時聽該語言，然後喃喃自語地像孩子一樣說話，即使不完美，也讓自己習慣將想到的單字說出來。只要能堅持下去，就會是非常優秀的開始。

05 拆解文法

文法在學外語時有多重要呢？學外語的人之中有人沒問過這個問題嗎？先說我的結論，我的回答如下。

「不必多說，非常重要！」

文法是習得完整語言的必要條件。也就是說，如果沒有有系統的文法當作基礎，那麼就不可能聽懂對方說的意思，也無法將自己的想法說出來或以文章呈現，讓對方了解。

如果用人類的身體來比喻，文法就像骨頭。大家能想像人類沒有骨頭嗎？骨頭可以保護內臟，幫助人類站立步行，讓人類能適當使用肌肉。

在語言中，文法的角色也非常類似。即使背了很多單字，舌頭比別人更靈活，發音更好，但沒有文法還是無法好好發揮這些長處。正如骨骼作為人體的重心，它能夠維持所有身體部位和器官的位置，使它們扮演好自己的角色一樣，具備文法體系，才能正確擺放單字的順序和位置，讓對方聽得懂自己想傳達的意思。

處於兩種極端的文法學習問題點

即使文法是語言習得的本質和核心所在，可是關於是否該學文法的爭議仍舊不斷，原因在於有人為了學文法，超過十年的時間都在絞盡腦汁地學習，但卻無法實際使用該語言，相反地，不深入學習文法，只著重於聽力和口說，或直接在國外邊生活邊學口說，反而能更順利地開口。可是無論是哪一種方法，若只極端地偏重某一邊，都得不到很好的成果。

我們先來了解為什麼會忽視文法。在學語言的初級階段，即使還不熟文法，只要有字彙力和爆發力，還是能進行某種程度的溝通。因此便有人認為文法不重要，也有補習班或講師抓著這個弱點高喊「把文法這種東西丟掉」。

但是這樣學外語，如果達到某個水平，就無法再進步。文法可以讓外語用起來更完整，是必學的內容，當達到中級以上時，會比在初級時發揮其真正的價值。當所有人遇到瓶頸的那瞬間，文法學得扎實的人就會突飛猛進。

如果不事先做好會遇到這種狀況的準備而忽視文法，真的會遇到很大的瓶頸。所以從基礎開始，就要確實規劃好學習框架，這也是我將文法學習擺在100天計畫的第一階段說明的原因。

相反地，我們思考看看如果只偏重學習文法會有什麼問題。無論身在世界何處，學外語的人對於學文法總是處境兩難，學校課程大致以文法為重，這種情形在韓國尤甚。

像韓國這樣全力學習英語的國家也少見，可是文法實力累積得比任何人都扎實的韓國人之所以實戰上說不出話來、看不到咬牙學習文法的成效，正是因為文法學習的方式錯了。也就是說，不是不該學文法，而是應該改變學文法的方式！因此，文法必須精通，而且雖然一開始就必須專心學習，但是也要均衡分配各個學習領域，才不會讓文法被埋沒。

雖然我不知道最近學校的英語教育是否往更好的方向發展，但是我想應該沒有明顯的變化。因為除非父母堅持讓孩子從小就接受英語教育，不然即使認真上學校的課，結果還是學到死的語言，也就是該知道的都知道，可是卻還是聽不懂、說不出口的情況還是很多。

根本的問題點是我們的英語教育認為，英語對入學考試有利，或可以開拓更順暢的社會生活，所以把重點和優先目標擺在得分或取得證書。加上這種氛圍是主流，導致於現實彷彿是在培養會考試的機器人，而非養成語言使用者。

當然這會因情況而異，雖然有時候需要公認的證書或分數，但是以本質來說，語言的目的是溝通，如果精通理論和文法，卻無法聽和說，那語言便無用武之地。大家要記得，我們的終極目標並非得到考試分數或證書，而是成為真正的語言使用者。

可以輕鬆又有效學習文法的技術

這次我們來看看如何更有效學習文法的具體方法吧。

1. 盡量選擇說明簡單明瞭的教材

文法讓人感到困難的原因之一，並非實際內容難到無法學習，而是說明太難或用語陌生。因為學外語的文法是為了熟悉規則，以造出全新結構的句子，所以連專有名詞都很難，才開始就覺得呼吸困難了。因此盡量挑選說明簡單又親切的書，先降低門檻再開始，即使學的內容相同，我們的大腦也能更容易接受。

2. 記住，除了最基本的文法之外，其他都是應用而來

例如有一百個文法，那麼除了其中的二十個以外，其他都可以當作是延伸應用。因此，只要能確切掌握基礎且必備的文法有哪些，剩下的都不難。也因為這個原因，學外語時，一定要在基礎階段專注於文法學習，即使內容看起來簡單，也一定要學得確實，這點很重要，而且要盡量在短時間內學完最基本的內容。

建立好基礎框架後，增加字彙，然後多練習，將字彙持續帶入文法中，這樣學習才有效。我個人認為，為了盡可能發揮這項特性，在學語言的前三十天，盡可能將重心擺在文法上，專注學習最核心的內容。由於這時期最好有人能在一旁糾正自己理解錯誤的內容，可以的話找老師協助為佳。

目前我學的語言全都是使用這個方法，之後也仍然會使用這種方式學習。找個人

家教老師，或上補習班，或在網路上挑選文法總整理課程都好，花一個月的時間，每天一點進度，專注學習基礎文法，這樣的「一個月文法法則」真的很有效。

不要想著要學完所有的文法，而是把目標擺在打好能夠傳達基本意思的必備文法基礎。建議等到這部分的文法都精通後，接著再專注於實際運用學到的文法說話和寫作，然後在培養實力的過程中，每當遇到難題時，再逐一增加文法相關知識。

3. 透過實際例句掌握上下文並習得文法

文法不是將理論或規則分開學，如果能透過實際例句掌握上下文，學習文法就會很有效。舉例來說，如果我們以傳統的學習方式學動詞「have」的用法和時態，那麼記憶方式應該如下。

- 「have」意為「有～」，當主詞為第三人稱時，會變成「has」，過去式不分人稱，皆為「had」。

如果像這樣將動詞「have」獨立出來，將用法背得滾瓜爛熟，其實很難和實際的用法連結。雖然這個例子很簡單，看起來似乎可行，但是如果換成複雜的文法，大概十之八九都用得不好。相反地，如果能有效利用例句，就另當別論了。

- I have an apple.
- He has a red car.
- You had the luggage.
- He had a knife.

以各種例句為學習重心，掌握上下文，邊看實際上如何使用和變化，邊自然地學習文法，就是我提議的學習方法。

4. 在「背」文法前，先「理解」

學新文法時，最重要的是先確實理解其「重點和主旨」之後再背下來。這是以例句為重點學文法的延伸，也就是指先造各種句子。

因為文法是學習單字和單字是以何種順序，又是以什麼關係彼此相連以傳達意義的過程，所以我想強調的是先「理解」再「背」。一般來說，大家都是單方面聽完老師的講解，然後只專注在把規則獨立出來背，但正確的文法學習順序恰巧與此相反。

首先，按照核心原理，主動寫出最多的例句，這時候可以仰賴老師的幫助。而「背」是自己該做的事，可以獨自複習時，選擇必要的內容來背即可。

總而言之，文法比任何東西重要，也是基礎，所以初期必須專注於此。學習順序則為①理解結構，練習造各種句子，②背下來，③以①②為基礎，直接實戰對決，錯了便修改、補強、使自己進步。

不要想著把一切都學到完美，才真正開始寫作或會話，應該在一開始即使還不熟練的時候開始造句，並接觸各種例句，唯有這麼做，我們的大腦才能自然接受能實際應用在語言生活中的新規則和系統，而非空有理論的文法。

因為學文法對任何人來說都很枯燥乏味，所以乾脆抱著速戰速決的決心，集中精神在學習初期就解決掉吧！這樣一來，從下一階段起，學習的成效將非常有感，因為大家會發現自己的語言實力進步神速。記住，這不只是不要害怕犯錯，而是犯的錯越多，就能學得越快。就讓我們一起鼓起勇氣挑戰看看吧！

04

PART

100天計畫

第2階段——培養實力

我也做得到嗎？把這種懷疑全都丟掉，先做再說，這才是大家現在該做的事。我先說清楚，大家一定也做得到！

01 用全身來記憶的五感記憶法

到了100天計畫中的第2階段，讓我們正式啟動吧。最先要做的事就是累積字彙。我們的目標是有效率地將日常生活常用的單字背起來，記得要背的不是高難度的單字，字彙量豐富雖好，但是那些單字之後想背多少再花時間背就好。

真正能言善道的人意外地不會使用艱難晦澀且掉書袋的用字，反而會使用比較簡單且好理解的單字，將單字適當組織後，再簡單明瞭地傳達自己的意思。這點無論說母語還是說外語都一樣。

因此在學外語初期，比起貪心地使用很多單字，應該先挑選必備的單字，也就是和自己想說的話題或有興趣的領域相關的，以及日常生活會話所需的單字，然後了解它們、背熟它們才是一個好策略。

「我所需要的單字」因人而異，所以必須先了解自己對什麼有興趣，只要主題確定，就可以利用 Google 搜尋。

例如，對時尚有興趣，便搜尋「fashion vocabulary」；喜歡體育，便搜尋「sports vocabulary」。日常生活會話所需的單字也一樣在 Google 搜尋「500 most common English words」，這樣就能下載基礎英語會話必備也最常使用到的單字清單。

這種方式不只能用在英語，也可以應用在學習其他語言的時候。這是自學新語言時，相當有用的方法，那麼接下來我們就來了解背單字的具體方法吧！

1. 名詞直接看著事物來背

這個方法和一直以來坐在書桌前，把書本打開來學習的方法完全不同，所以需要一點想像力。只要是隨身物品、家具、食材、眼前所見的一切都是背誦對象，因此這是一個去看、去摸、去聞、去使用，利用五感儲存記憶的背誦法。

認真學過外語的人應該至少都有如下一兩次的經驗。也就是看書背單字的時候，那個單字怎麼樣都記不起來，可是卻在和朋友玩的時候聽過一次便印象深刻的神奇經驗，因為那和使用該單字時的環境有關。例如吃東西時，嚐起來的滋味和聞到的味道，以及那一刻朋友們的表情、聲音和對話等會一起輸入腦中，成為更強烈的記憶裝置。換句話說那並非只用一個釘子就將瞬間記憶牢牢固定在腦海裡，而是利用各種固定工具才能產生如此效果。

因此平常背單字時，刻意使用這種方法非常有效。如果想背「sofa」（沙發），除了用眼睛看，還可以邊用手摸摸看，直接坐在上面將這個字背起來。或是刷牙或洗澡時，背下浴室裡的物品名稱，做菜或吃飯時，將廚房用品名稱背起來。雖然剛開始即使只是自己一個人也會有些尷尬和害羞，但是很快就能適應了。重要的是看到什麼、碰到什麼就直接拿起來開始記憶。

2. 動詞就直接動起來背

這個方法同利用五感背名詞一樣，以親自行動來背動詞。例如丟球時記「throw」、喝水時記「drink」、跳舞時記「dance」。

背動詞時，可以把主詞帶入人稱代名詞一起背，這樣對學文法也很有幫助。舉例來說，「丟」是「throw」，在背這個動詞時，自己丟東西就可以喊「I throw」，如果是要讓眼前的人丟，就可以喊「You throw」，如此應用。當沒有一起練習的對象，就自己用手做出丟的動作，然後在腦海裡邊想像另一個人做出動作的場景邊背。當獨自一人時，如果要背「He eats」，也就是「他吃」這個說法，那麼即使吃的人是自己，也可以在腦海中具體刻劃出旁邊有某個人在吃飯的樣子。

大家可能會想：「這樣真的有效嗎？」我可以自信地請大家期待，這種背法和在紙上邊寫邊背，效果可是有天壤之別。

當然，每次在背一個單字時，必須重複做好幾次相同的動作，以及開口「發出聲音」唸越多次越好。以語言學習來說，累積字彙量，尤其背單字時，不只要讓大腦記憶，還要以3D的方式將單字烙印在全身的細胞，我想沒有比這個更好的方法了。簡單來說，如果想學語言，全身總動員是最棒的方法！

3. 背同一類的家族單字

例如邊從冰箱拿出蘋果邊背「apple」，然後再馬上打開冰箱背其他水果的名字。又或者從衣櫃拿褲子出來穿，背完「pants」之後，再一起背下同樣掛在衣櫃裡的西裝外套「blazer」或紳士帽「fedora」等其他服飾的名稱。當然，這時候也要把單字唸出聲來。最近也有很多字典可以聽音檔，因此隨時找單字邊確認發音邊跟著唸，一點也不難。

不過前面列舉的方法，可能有不好實踐的時候。當處在無法用全身來背單字的情況，或坐在書桌前念書，發現新單字想馬上背下來時，有個替代方案，活用手、眼睛、耳朵的方法。

首先背單字不要只用眼睛看，而是拿起筆寫在紙上，不要用鍵盤打字，因為完全幫不上忙。學外語還是用老派的方法，才能真的將其變成自己的知識。此時如果能唸出聲，聽到單字會更有效，不過如果在圖書館，無法發出聲音，那至少也要做出嘴型模仿。別忘記越是以3D的方式將單字輸入腦中，就越能長存於記憶中，因此我推薦在可能的範圍內，盡量運用五感和全身來背單字。

4. 背下照片或圖片內有的單字

如果照片和圖片只能擇一，我會選擇照片。其中如果是有回憶價值的照片，或親自拍攝的熟悉街景等照片，會比與自己無關，別人拍攝的作品更好。因為和自己的私人記憶或日常行程有關的圖片，會比站在觀察者的立場所拍攝的照片，更能刺激我們的感情線。

大家還記得前面我在說明小孩和成人的學習速度為什麼有差的同時，還提到如果腦中控制情感的部位如果一起移動，就可以更快吸收陌生的單字和語言系統嗎？

如果看著充滿回憶的照片，一個個背下裡面登場的單字，就能重現當初儲存在某處的情感。而且想到「那時去旅行真的好幸福」「生日派對的食物超美味」的記憶，也會成為背單字時強烈的引爆劑。而熟悉的鄰里風景照，因為也有很多和自己的日常和習慣等生活相關的回憶，對提高背單字的成效也有幫助。

用照片背單字，這個過程會反覆好幾次，每次都可以增加一點難度。例如第一次先背照片裡登場的事物名稱，也就是以名詞為重點，第二次加上形容詞，第三次則思考可以用在當下的動詞一起背。最後乾脆看圖說故事更好，但是如果還達不到這種程度，即使只加上可以一起連用的形容詞和動詞原形來背，也能大幅擴增字彙量。

例如想像有一張經常去散步的公園照，看著照片先將「長椅、路燈、樹、人、小狗、洗手間」這些單字邊唸出聲邊背，接著用形容詞和名詞組成「綠色」長椅、「高的」路燈、「美麗的」樹、「慢跑的」人、「可愛的」小狗、「公共」洗手間這些單字來背，然後再連接到動詞，將「學生走路」「年輕小姐在跑步」「小狗在玩」「兔子睡午覺」等詞組背起來。最後階段就是造句來看，例如「人們走過綠色的長椅前」「可愛的小狗在高高的路燈下睡午覺」等句子。實際上一張照片能做的事有無限多，只要大家展開想像的翅膀就能實踐。

即使住家附近找不到具有有趣單字的風景，或沒有能喚起愉快回憶的旅行照也不用擔心。雖然自己的照片更好，但不是也沒關係。只要照片裡有豐富的單字和故事，那麼在書店買的攝影集也好，有很多圖片的童話故事書也好，任一種都可以作為學習的資料。

這個方法不只我一個人使用，也是許多多語高手「增加字彙量的祕訣」中共同提到的方法。賦予平面照片或圖片中的單字生命，這個過程與單純羅列單字有著天壤之別。尤其，運用照片或圖片的方法還有一個優點，就是只要把照片、圖片存在手機裡，無論何時何地都能輕易嘗試。

5. 背前幾個字母的結構類似的單字

也就是視覺記憶的方式，以構成單字的字母編排來背單字。將前幾個字母編排類似，意思卻完全不同的單字綁在一起背。

例如在背蘋果這個水果的英語單字「apple」時，就可以一起背拼寫為「app」開頭的單字。可以上 wordreference.com 輸入「app」，網頁便會列出「approach、appeal、apply、appear、appointment、appreciate、appearance、application」等單字。點擊每個單字都有詳細的資料，可以聽發音，看解釋、用法，以及各種例句，是背單字最好的資料。

神奇的是，這些單字的意思天差地遠，以這種方法記憶卻還是記得很牢。雖然我不知道確切的原因為何，但是把字首相同的單字一起背，就會發生連鎖效應，就像從綁在一起的黃花魚群中只抓一隻起來，其他魚也會一起被帶上來的感覺。

這種方法最大的優點是背下意思截然不同的單字，可以輕易地拓展不同領域的字彙，此外還可以確實區別意思相近的單字，而且只要知道一個名詞，就能一次背完由該名詞派生而來的形容詞、動詞等單字。

6. 背單字時利用同義詞和相反詞增加字彙量

例如「similar」有「alike、indistinguishable、close、neear、homogeneous、interchangeable、kindred、akin、related」等，要找出這些同義詞很簡單，連上Google 搜尋「similar synonym」，就可以一眼看到這些單字，而且點擊每個單字，就能知道它們正確的意思和發音。

即使正在學其他語言，也可以用同樣的方法學習，因為沒有 Google 找不到的資料。如果學的是英語，而且想再更深入地學習同義詞，那麼可以上 thesaurus.com。這是歷史悠久的《同義詞典》（Thesaurus）網頁版，可以找到比 Google 搜尋結果多三至四倍的同義詞，而且還會根據意思相似的程度，以不同的顏色區分，相當好辨識。

而反義詞也可以用相同的方法。例如要找「薄的、細的」的英語單字「thin」的相反詞，可以在 Google 搜尋「thin antonym」。這樣馬上就會搜出「thick、broad、fat、plump、overweight」等單字。同樣地，點每個單字，就可以查看發音、意思、例句，甚至同義詞等資料。

如果想獲得比在 Google 搜尋更豐富的資料，可以前往前面介紹的 thesaurus.com。

搜尋好奇的單字就會跑出「同義詞」列表，接著用滑鼠把畫面往下滑，就可以看到「相反詞」一列表。

用這種方式背同義詞、相反詞，可以有效豐富字彙量，對於熟悉該語言的語感也很有幫助。

目前大家已經學到各種打下字彙基礎的訣竅，現在只差選擇適合自己的喜好和學習狀況的方式實踐。為了學好外語，可以嘗試的方式不勝枚舉。

重要的是如何找到適合自己的道路，而比這件事更重要的是，該怎麼學，才能學得更快樂。因為背東西時營造讓大腦能夠彈性轉動的環境，然後以3D的方式儲存單字很重要，所以感覺「有趣」，學習效果就會加倍。

世界上沒有人能一次就把新單字全都記住，這是再自然也不過的事。因為我們的腦容量無法擴增到無上限，所以只會從輸入的資訊中挑選必要的記憶，剩下的則是不斷重複被拋棄。因此，大腦必須重複好幾次這個過程，才會接收到「原來這不是暫存數據，必須一直儲存起來」的命令，將資訊移到長期記憶區，而這就是背東西的最基本原理。希望大家能時時記住這一點，帶著從容的腳步不要急，並且給自己獎勵、稱讚自己，享受自己的字彙逐一增加的過程。

02

口說 活用片語動詞（phrasal verb）、慣用語，和10種句型開口說的核心學習法

100天學習的第二階段必須蒐集越多資料越好，透過各種嘗試，邊犯錯邊將實力提升到最好的狀態。而實現這個目標的第一個任務，就是前面學到的有效背單字的祕訣。這次我們就一起來看看，活用單字的片語動詞、慣用語和句型學習。

這些資料之所以重要，是因為這就像熟讀已知的單字實際上該怎麼使用的說明書一樣。很多人學文法，也有足夠的字彙力，可是卻不知道該如何應用，所以說不出話來。而片語動詞、慣用語、句型學習則可以幫助解決這個問題。

前面我將語言習得比喻為學運動或樂器，這次則可以想像是在玩樂高遊戲。樂高是將小積木裝在大積木上，有時候需要把拼好的樂高連接在一起，有時候則是拆掉一

部分，讓它和其他積木組合，變化出各式各樣的成品。

語言也會隨名詞、形容詞、副詞、助詞，或介系詞、動詞等如何組合或分解，成為盛裝複雜人類思想的各種形狀和用途的容器。雖然拼裝時需要配合基本的位置和方向，但是以可以發揮部分創意的面向來看，語言和樂高有著相似之處。具代表性的有英語的「片語動詞和慣用語」，雖然兩者之間的差異有些模糊地帶，但是一般來說如下。

- **片語動詞** 一般稱為「片語」，通常是指透過「動詞＋介系詞」或「動詞＋副詞」的結合，延伸出各種意思的動詞語塊。
- **慣用語** 指由「兩個以上的單字」組成的語句。因為是由數個單字結合後產生新的意義，所以如果以個別單字來看，將無法了解完整的意思。廣義來看，片語動詞也包含在這個分類裡。

慣用語大部分都是習慣用語，也反映該國文化，所以更難推敲出原意。從以下的例子來看，馬上就有感。

・片語動詞

dress up：意為「穿衣服」的「dress」加「up」，延伸為「打扮穿著」的意思。

give away：是由意為「給」的「give」加上「away」，延伸為「贈送」「分送」的意思。

・慣用語

under the weather：直譯為「天氣下面」，但真正的意思是「生病」「身體不好」，與「weather」本來的意思無關。

have bigger fish to fry：直譯為「有更大的魚要炸」，但隱藏的含義是「要處理更重要的事」，因此也和字面上的意思完全不同。

不過比起了解兩者的差異，更重要的是記得越多常用動詞片語和慣用語越好，並且在適當的時機拿出來使用。

如果不另外學片語動詞和慣用語，那麼即使知道基本動詞的意思，也難以推測出實際上的意思。因為這些內容很常在日常生活中使用，如果不知道，就會很常發生尷尬的狀況。相反地，如果能好好了解這些用法，只要用對時機，就能非常有效地傳達自己想說的話。

此外，即使背了很多單字，在實際聽母語人士說話時，還是很常聽不懂，而且不知道片語動詞或慣用語，遇到這種情況的機率就更高。換句話說，如果這些表達方式懂得多，那麼對提高聽力實力也會有很大的幫助。

尋找片語動詞、慣用語的資料和學習方法

最近網路上有很多好資料，讓我不禁想，在以前沒有網路的時代，到底是怎麼學語言的。學生時代的我抱著跟磚頭一樣厚的字典，坐下來以百分之百的傳統方式苦讀，只憑熱情熬過那惡劣的環境，與當時相比，現在根本是天堂。雖然學語言仍然需要投入大量的時間和金錢，但是只要靠網路，用對學習方法，就可以大幅減少時間和金錢成本。

片語動詞和慣用語在 Google 上也能輕鬆找到資料。因為 Google 會將使用頻率最

高的片語動詞和慣用語簡單地列出來，所以不需非得買教材，也有足夠的資料。只要認真記下Google演算法以大數據整理出來的資料即可，這樣不是很好嗎？

片語動詞的英語是「phrasal verbs」，慣用語是「idioms」，只要分別在搜尋框輸入「frequently used English phrasal verbs」和「frequently used English idioms」，就能夠找到列表，邊看內容，邊挑選出重要的資料，一切便準備就緒。以我的經驗來說，至少各選一百個，如果稍微貪心就各選兩百五十個左右，並以熟練為目標是最好的安排。

讓我們大概抓四十天（3月1日～4月10日）的時間，以十天為單位，擬定四次學習計畫。第一個十天，前兩天只集中背片語動詞和慣用語，八天後，也就是進入第二期時，再花兩天的時間背同樣的內容，並以此學習週期反覆四次。例如，3月1日、2日定為背片語動詞和慣用語的日子，那麼3月11日、12日／21日、22日／31日、4月1日這幾天就再背相同的內容。

剛開始背兩百個，等到下個週期，可能只剩下百分之二十左右的記憶，完成第二次重背的任務後，等到第三個週期，至少可以記得百分之四十～百分之五十左右，到最後累積起來還是能背起相當量的內容。

不過到這邊講的是把表達方式背下來，實際應用卻是另一道題，必須搭配聽說讀寫的訓練才行。尤其每個週期扣除拿來背片語動詞和慣用語的兩天，剩下的八天必須努力使用已經學過的表達方式練習口說。

專注學習10種句型

韓國最近句型學習法的風氣很盛，如果仔細探究其中的理論，會發現很有趣。因為那項理論把重點擺在語言是為了人與人之間的溝通所訂下的規則或約定，所以會有一種模式。

換句話說，學習句型或許是一種看穿無論文法再怎麼複雜，實際上人們使用的語言規則有限，所創造出來的學習方法。它的核心重點就是隨著將常用的幾種句型，造出各種例句讓大腦記起來，這樣我們的大腦就會把句型當作公式，更容易地開口說話。

關於句型學習法，有好幾所大學和機構的研究結果，其中以賓州大學教授，且出版許多英語文法書的著名學者瑪莎・寇恩（Martha J. Kolln）的理論最廣為人知。她主張以英語來說，按照十種句型所造的句子占整體的百分之九十五左右，雖然還可以造出更複雜的句子，但是這就是句型的所有功能，扮演基本骨架的角色。雖然這只是眾多理論之一，但是如果仔細看具體內容，大家一定會覺得很有趣。

而且她還說即使不按照這些句型，還是推薦大家可以將英語的基本句子句型化後，背起來練習。她整理出的十種句型如下：

- be動詞句型3種
- 連綴動詞句型2種
- 不及物動詞句型1種
- 及物動詞句型4種

她表示這些句型包含了所有的句子形態。這樣一看，是不是覺得英語真的很簡單？當然，這些只是基本句型，相當於骨架中最核心的骨骼部分，實際上接觸到的句子可能更為複雜。然而在初級階段了解文章結構中最大的主幹，對日後的學習將有很大的幫助。接著我們就來看各句型具體的結構和例句吧。

- **be 動詞模式**

主語＋be 動詞＋副詞

Children are upstairs.

主語＋be 動詞＋形容詞

Children are cute.

主語＋be 動詞＋主詞補語

Children are rapid learners.

- **連綴動詞句型** 連綴動詞的目的是連接主詞和說明主詞狀態的形容詞，或連接主詞和名詞形態的補語。

主語＋連綴動詞＋形容詞

Children look excited.

主語＋連綴動詞＋名詞

Children become teenagers.

• 不及物動詞句型

主語＋自動詞

Children sleep.

• 及物動詞句型

主語＋及物動詞＋直接受詞

Children sing a song.

主語＋及物動詞＋間接受詞＋直接受詞

Children give their parents joy.

主語＋及物動詞＋直接受詞＋形容詞

Children make us happy.

主語＋及物動詞＋直接受詞＋受詞補語

Children call him uncle.

容我再次強調，學習外語的基本就是了解原理後，盡量接觸大量的例句，並且反覆造句和拆解句子。即使看了再好的解釋，也都完全理解，可是不親自使用，還是不可能把語言知識變成自己的。

人們經常怪罪年紀，老說小孩學說話很容易，但是卻沒想過，他們其實是說了不下千次讓人不明所以的句子之後，才能說出一句正常的話。

成人也一樣。正如想優雅地縱橫在冰上，屁股就得摔上無數次，想騎腳踏車，也得摔個膝蓋破皮，因此想成為真正的外語使用者，就得歷經語無倫次，一切重新開始的慘痛過程。

在熟悉片語動詞和慣用語的同時，要記住務必每天安排一定的時間，練習按照句型造句，在第二階段練習得越多越好，那麼下個階段一定會笑出來！

03 聽力和口說

熟悉聽力的跟讀法（shadowing）

不久前外語學習者之間掀起跟讀熱潮，從說自己只靠跟讀，不出國留學，練習幾個月就能說一口跟母語人士一樣的英語，到說自己不需搭配其他學習法，只靠跟讀就能神奇地讓英語脫口而出，網路上流傳著各種人的各種見證。但那些是真的嗎？還有，跟讀到底是什麼？

根據許多專家的意見，以學外語來說，學習和練習自然連動，不可能把任一領域分開來思考。因為聽說讀寫等領域會相互影響，所以必須全方位學習，如果只專注在特定領域，很難預期其他領域的實力會跟著自動提升。

換句話說，考慮到學語言的特性，無論跟讀再怎麼有效，也不可能只憑一種方法就突然變成外語達人。不過這個學習法和只看書或被關在教室裡學習的方法不同，它可以幫助學習者對「實際說外語」產生自信。如果大家也想學習生活中外國人真的會說的外語，就值得充分花心思在這個學習法上。

跟讀和聽力、口說關係密切，其中比起造句和使用語言，這個方法更注重在訓練發音和語調等能盡量自然、流暢。簡單來說，跟讀法是邊聽外語邊模仿的練習，且模仿得越像越好，執行的方式並非中間時不時暫停聲音跟著唸，而是像同步口譯一樣，在聽的同時即時說出來。

其實跟讀法是訓練同步口譯的教育課程的一環，英文是shadowing。據說，一般公司也使用shadowing這個表達方式，意思是讓實習生親自體驗工作，叫做「job shadowing」（影子工作）。「shadow」這個英文單字有「如影隨形」「尾隨」的意思，即試著按照公司員工的工作方式體驗工作，因此才會出現這個用語。

跟讀法與其說會讓人奇蹟般地開口，不如說它能矯正發音等，有助於外語實力的提升，但是它是怎麼掀起熱潮呢？關鍵人物就是美國語言學家亞歷山大・阿格勒斯（Alexander Argüelles）。他精通十種語言，能夠閱讀、書寫的語言多達四十幾種，可以說是真正的「超級多語達人」（Hyper Polyglot）。多語達人單純指能說多種語言的人，而超級多語達人精通的語言數量和水準都格外出色。順帶一提，他的妻子是韓國人，因此他也精通韓語。

讓亞歷山大．阿格勒斯聞名於世，是從美國的一位記者、作家麥可．艾拉克（Michael Erard）在自己的著作《告別巴別塔》（Babel No More）中提起這位研究對象開始。書中亞歷山大．阿格勒斯公開自己一直以來實踐的外語學習祕訣，其中被選為最具代表性的方法就是跟讀法。雖然他並非只靠跟讀就征服那麼多語言，但是他證實的確有顯著的效果，因而成為跟讀法蔚為風潮的契機。

他早上一睜開眼就會在筆記本寫單字並唸出來，加上喚起記憶的訓練，以傳統的方式學習，這個訓練中也包含聽音檔或閱讀簡單的故事書。

每天從阿拉伯語開始，接著換中文，再換到其他語言，至少花九小時左右的時間投資在學外語上。也因為精通的語言多，即使每種語言只投入一些時間，九小時也一下子就溜走了。他還建議，在背東西時要站著，可以的話就邊走邊背，也說自己是透過跟讀法訓練聽力和口說，才能達到現在的語言實力。

亞歷山大．阿格勒斯表示，自己實踐的學習方法實際上是模仿傳說中的超級多語達人。最具代表性的人物有一共精通三十種語言，能夠閱讀和書寫七十二種語言的義大利樞機主教朱賽佩・梅佐凡蒂（Giuseppe Mezzofanti），還有精通六十八種語言的德國外交官夏禮輔（Emil Krebs）。阿格勒斯說他們擁有難以想像的能力，而自己的祕訣就是學他們邊走邊背，或使用跟讀法這類學習方法。

語言高手們推薦的跟讀法

雖然一般人的目標不是精通六十～七十種語言，但是這些語言達人都異口同聲地說跟讀法是最佳祕訣，那有什麼理由不去嘗試呢？尤其，如果大家都正好好實踐我前面提出的學習法，那麼現在就是加速提高聽力和口說實力的時候了。跟讀法或許就是這時機最適當的學習法。

那麼具體的執行方式為何呢？雖然只要聽到什麼就跟著唸好像很簡單，但是在網路上實際看到進行跟讀訓練的人的影片，會發現這是個比想像中還難的訓練，需要很多耐心，而且必須知道正確的方法才能嘗試。而能確實看到跟讀成效的實踐方法如下。

❶ 挑選會想聽了之後跟著讀的資料。Podcast 節目、有聲書、動畫電影都好。比起又長又難的內容，短而簡單的內容，且能夠反覆聽好幾次並跟讀的內容更好。我推薦找有腳本的資料，因為雖然可以只邊聽邊跟讀，但是邊看腳本邊跟讀的效果更好。

❷ 不看劇本和跟讀，先聽。

❸ 邊看腳本邊聽內容，培養複製話者的發音、語調、強弱、該語言獨有的節奏和旋律的感覺後再跟讀。等到熟悉後，便放下腳本，試著跟讀。

❹ 將跟讀時說的內容錄音，以便後續確認。

❺ 聽完錄音後和原始內容檔案比較，將不同的部分標示出來，盡量反覆練習到幾乎可以說到一模一樣為止。

這就是外語達人們推薦的跟讀法。仔細閱讀內容的人應該已經發現，這個訓練法可說是一半練習聽力和一半練習口說的學習法。

因此，如果熟悉到某種程度，就可以進一步用跟讀來深入訓練聽力。方法和一般的跟讀法差不多，但還是有些微差異。基本的跟讀法是即時跟讀，同時盡量將發音和語調模仿到幾乎雷同，但是如果是利用跟讀進行聽力練習，則是以理解跟讀內容後，進一步用在實際對話為目標。具體的練習方式如下。

利用跟讀法進行聽力練習

❶ 準備自己喜歡的影片資料，例如電影、電視劇或情境喜劇、TED演講或紀錄片等。我最想推薦的是情境喜劇，但是每個人的喜好不同，按照自己的取向所選擇的內容最有效。我之所以推薦情境喜劇，是因為比電影短，沒什麼負擔，加上有情境設定，也可以同時學到文化和情感，而且有很多極生活化的表達方式。然而重要的是挑選「我真的很有興趣、想看的影片」。

❷ 不開字幕，盡量專心看。

❸ 打開原文字幕觀看，每當出現不懂的表達方式就暫停，將字幕抄下來。

❹ 在字典上查找抄下來的表達方式，搞清楚意思並背下來。

❺ 打開字幕邊看影片，邊盡可能地將所有表達方式即時跟讀。如果有聽不清楚的部分或想不起來意思的部分，就按下暫停，確定意思之後，從暫停的部分重看。

❻ 不開字幕，盡量專注地將影片從頭看到尾，跟讀聽到的所有內容。

雖然這看起來和一般的跟讀法類似，但是略有差異。而這些微的差異就是利用單純複製發音和語調的跟讀法，來達到提升聽力的效果。剛開始大家可能會覺得複雜，但是想到撐下去所獲得的成果，就會發現這個方法值得一試。不，以現在必須傾力強化聽力的階段來說，這是必須的訓練！雖然需要投注大量的時間和耐心，但是絕對不能在這裡打退堂鼓。如此一來學到的表達方式在遇到類似學習內容的狀況時，自然而然脫口而出的機率就很大。

在100天計畫的第二階段進行的訓練，可能會多少讓人感到枯燥乏味。如果想快樂地度過這個時期，並提高學習成效，就應該將必須執行的作業拆成適當的分量來分配，然後以混搭的方式學習。

例如，原則上每天要念六個小時的外語，可是與其「星期一連續六小時聽力，星期二連續六小時閱讀」把時間都綁在一起，不如「星期一早上兩小時聽力，下午兩小時背單字，晚上兩小時跟讀／星期二早上兩小時片語動詞和慣用語，下午兩小時閱讀和解析，晚上兩小時跟讀搭配聽力」這樣分配效果更好。如果能每四十～五十分鐘就安排五～十分鐘的休息時間，這樣學習的成效更好，把時間單位切得更小也是一種方法。

最後我想強調，現在的這個階段最重要的就是「反覆練習」。即使是再困難的內容，只要無限反覆，最終還是能聽懂，即使是再難的發音，只要持續嘗試，最後還是能克服。

這裡我分享一個實際案例，這對我來說是一個切身感受到反覆練習的重要性和其驚人效果的經驗。這是我和要好的學姊一起去法國南部時發生的事。兩位學姊都和外語不熟，而且還是去非英語國家，所以旅行的途中她們非常依賴我。

當時我們租車在普羅旺斯自駕旅行，由於是第一次在當地開車，所以得一直依賴導航。導航發出法國男子的聲音，為我們指引單調的鄉村道路，他不斷地反覆說著「約五十公尺後右轉，然後直走」或「約一百公尺處有圓環，然後繼續直走」這些話。幾天後，其中一位學姊突然問我。

「杜喝捏 啊 嘟嚕哇 啊噗咧 聞 三康天 的 沒特，冰 空踢努欸 吐 嘟嚕哇」這是什麼意思啊？

那一刻我嚇傻了，因為學姊連法語的「法」都不會寫，可是居然從她口中冒出如此完美的句子。而那句話正是「Tournez à droite après une cinquantaine de mètres, puis continuez tout droit」，導航裡的男子反覆說過無數次的話，意思是「約五十公尺後右轉，然後直走」。學姊沒學過法語，年紀也不輕，導航也不可能有字幕，可是她之所以能完美複製這句話，只是因為「反覆地聽」而已。這就是「反覆學習」在學外語時發揮的驚人力量。

我之所以非要提起這段回憶，是因為我想告訴大家你們也做得到。雖然起步時會覺得路途看起來遙遠，但是不要還未嘗試就放棄，也沒有理由氣餒。靠毅力反覆練習是學習的解法，只要利用前面提到的各種方法，效果一定會倍增。這樣做就可以了嗎？我也做得到嗎？把這些疑慮都拋諸腦後，先做了再說，那才是大家現在該做的事。讓我再清楚重申，你們可以的！

04

閱讀和寫作

零壓力起手式的3階段訓練法

學外語時，重要的是聽說讀寫要均衡學習。這四種領域要學到水平相當並不容易，雖然根據學外語的目的，可能會有對自己來說不太重要的部分，但是均衡學習和訓練才能讓自己的實力快速進步。

雖然閱讀和寫作都是以文字為基礎，但是其中閱讀除了字彙之外，和聽力也密切相連，因為能理解發音、聽得清楚才能更理解閱讀的內容。如果一開始提到的發音學習大家都能確實做到，那麼就會對閱讀練習很有幫助。如果還做不到，那麼我建議大家從現在起就時不時熟悉發音。閱讀可以分成下面兩種。

- 朗讀
- 讀解

尤其「朗讀」如果不知道準確的發音就很難，也會對口說造成影響。這次我們就來了解閱讀和寫作練習該如何進行。

閱讀的基礎

為了練習閱讀，最先要做的事就是選擇符合自己實力的資料。學習者之所以覺得閱讀難，原因是因為在下意識選擇了符合自己母語實力，而非外語實力的資料。即使年紀大、知識量充足，在學習新語言時，也不要從新聞或社論開始讀，從童話書著手學習效果會更好。而問題就出在沒考慮到這點，或認為這麼做實力就不會進步。

閱讀練習的資料要是學習者有興趣的內容雖然也很重要，但是實力相符對語言學習才有幫助。所以選擇練習資料的順序是，先找符合自己實力的資料，接著再選擇喜歡或會讓自己感興趣的主題。閱讀資料太簡單也不好，但是太難的也無濟於事。

那麼符合自己實力的資料是什麼樣的資料呢？也就是在瀏覽時，不懂的單字或表達方式，即必須得查字典的字彙約占百分之二十～百分之三十是最適合的教材。如果使用太簡單的教材不會進步，而選擇過分困難的教材，可能沒多久就會放棄。因此，即使不靠字典也能理解大致內容，但是內容裡還是有一些不懂的單字，可是不會太多，就算是適合自己的教材。雖然前面為了幫助大家理解，有提到新聞或社論不適合當作初學者的教材，但是如果新聞中有簡單的內容，當然可以使用。

學英語的讀者中，如果沒時間挑選自己喜歡的閱讀資料，想知道如何更輕易地找到資料，可以試著在 Google 搜尋「graded reading books」，這樣就能找到提供各種等級和各種主題的閱讀資料網站，而且可以免費下載。比較過幾種內容後，如果有喜歡的資料，就可以下載 pdf 檔，馬上當作教材，真的很有用。這個階段建議大家盡量選擇長度短，且句子單純的閱讀資料。

雖然其他領域也一樣，但是閱讀也和聽力一樣，要與練習量賽跑，亦即閱讀是一種學習成效和時間投資呈正比的領域。因此，必須長期堅持下去，這時要注意幾項要領。

首先，與其一整天都在閱讀，不如每天投資一點時間更好。我的意思就是每天花十～二十分鐘也好，不要一天花兩個小時閱讀，可是之後的十天都不再看書。此外，我也推薦搭配各種不同主題和格式的資料閱讀，如果只集中讀特定報紙的經濟新聞，或只連續讀某個作家的小說，這樣只會讓自己熟悉特定文體，當要閱讀其他文章時，就會覺得難以適應。

練習閱讀的理想計畫可以像這樣安排自己的閱讀行程，例如星期一是自己喜歡的部落格文章，星期二是文化雜誌的評論，星期三是國外新聞，星期四是輕鬆的散文，星期五是流行歌曲的歌詞，星期六是童話書。

制定好一週的閱讀行程後，寫在時間表上貼到顯眼的地方，每達成一個目標時就做記號，這也是幫助自己堅持下去的好方法。但要記住，不要執著於一定要百分之百達標，因為能每天毫不間斷地閱讀更重要。

前面有提到閱讀分成「朗讀」和「讀解」，舉例來說，每天閱讀二十分鐘，那麼可以計畫分配五～七分鐘左右朗讀，剩下的時間拿來讀解。朗讀可以想成是為了培養能讓眼睛快速閱讀外語字母的能力，以及熟悉發音所做的嘴部肌肉暖身運動。因此，不需要很難的文本，可以選擇比自己的實力稍低的素材，大聲且快速地朗讀最有效。還有，每次在唸的時候，測量時間並比較每次朗讀的速度也很有幫助。

結束這個過程後，就可以進入「讀解」的閱讀練習，先將所有內容瀏覽過一次，將不知道的單字或表達方式以底線標示，查找單字並理解後，再一次閱讀內容即可。

為了鍛鍊閱讀實力，必須搭配字彙和文法的學習。雖然在閱讀的過程，自然會提高字彙力，但是如果能在閱讀訓練的同時額外學習字彙和文法，效果會更加倍。即使只是一邊熟悉單字、片語動詞、慣用語，一邊找機會確認易混淆的文法也會有很大的幫助。

如此一來，閱讀練習的資料也會從很簡單的內容，漸漸自然地提升到有難度的內容。如果一個月都能努力不懈地執行，大家一定會發現自己的進步超乎期待。而且不只如此，因為閱讀是習慣問題，如果在這個階段能夠穩穩走下去，之後的學習路程一定會更順利，敬請期待吧！

現在即刻啟動的第三階段寫作

雖然學外語時，每個領域都難，但是以寫作來說，如果連用母語寫作都不熟練，很有可能連提筆嘗試的念頭都沒有。而且寫作要寫得好，不只需要字彙、文法知識，還需要邏輯性，以及整理自己想表達什麼的想法，這樣一來感覺就更困難了。

但是如果逆向思考，就會獲得該怎麼練習寫作的靈感。而且只要記住連母語人士都覺得難，似乎也有些安慰。那麼從現在起，就一項一項了解寫作的訣竅吧。

如果覺得寫作太難，那麼抄寫或許是一個好的替代方案。亦即找一篇符合自己外語實力的散文，將整篇內容抄下來。此時不要執著於抄一個字或一個單字，而是應該以一個句子為單位，掌握文章脈絡，且每抄寫完一個段落，就努力去理解該段落在整體文章中有什麼意義，而最終重要的是觀察整篇文章的走向如何串聯在一起。那麼現在就正式來看寫「自己的文章」的要領吧。

Step1 決定寫給誰、寫什麼、寫的目的為何

如果要寫的是日記，「目的」就是為了自己所寫的紀錄，而一天所做的事就等於要寫的「什麼」。如果要寫的是商用電子郵件，因為對象是客戶，目的就是「傳達資訊」或「說服」。如果要寫的是學校申請書或新公司的求職信，那麼重要的就是寫的

時候不但要有效傳達自己的優點，還要符合特定格式。無論是哪一種狀況，最重要的是「對方想聽什麼？」或「一定要傳達給對方的要旨是什麼？」

Step2 寫出文章的大綱

寫作前要先整理大綱。先構思好包含起承轉合在內的文章脈絡要怎麼寫，一定得包含的內容或得拿掉的內容有什麼，要寫多長才恰當，該用什麼文章風格寫比較好，將想好的內容寫下來，就能幫助寫作。

第一句該寫什麼，該如何破題呢？又該如何結尾呢？是拐彎抹角地說，還是單刀直入地說呢？是冗長但卻詳細地說明好，還是越簡潔越好呢？這些問題都要站在對方的立場思考再決定。

無論文章是寫給評審，還是客戶或朋友，內容都要與目的相符，而且必須從文化角度考量對方喜歡什麼內容，失敗的機率才會小。像日本人在寫電子郵件的時候，開頭會謙恭有禮地寫下長長的寒暄內容，美國人或歐洲人一般則是盡量簡單明瞭地講重點。

只要寫好大綱，就可以將整篇文章分成「開頭、本文、結尾」三部分，本文也可以再細分成兩到三個小段落。接著就要決定每個段落要寫什麼的靈感和核心訊息，每個段落的長度不要太長，以適當的長度分段，盡量避免一個段落裡一下子塞太多資訊。

Step3 確定主題後，就整理文章的相關單字和表達方式

用母語寫文章時，在需要的時候可以馬上從腦袋裡想出知道的單字，然而外語卻不是這樣。雖然實力達高級以上時，可以用其他方式切入，但是初級或中級我建議還是先把單字和表達方式整理出來比較好。尤其挑選同義詞或製作慣用語等列表後再動筆，也可以以更豐富的表達方式來寫作，而且像這樣在自己的文章內寫過一次，那些表達方式也會記得更久。

接著寫就對了。既然企劃和大綱都已經寫好，連要使用的單字也想好了，那麼就等於一切準備就緒。雖然大家可以隨自己學外語的目的寫寫看自我介紹文，也可以寫寫看工作上的電子郵件，但是每天練習一點寫作最好的方式就是寫「日記」。

記錄日常發生的事件和情緒不只比較容易，題材更是俯拾即是，加上日記每天都要寫，也有助於習慣的養成。當然最好還是訂定一個時間寫最好。

最後，整理幾項英語寫作時需要注意的事項。首先越簡潔越好。雖然第一次寫作時如果能先注意到更好，但是如果不行的話，在寫完草稿後，一定要經過審視的過程，把贅詞拿掉，將可以寫得更精簡的內容盡量縮減，讓句子更簡潔。

例如「very tired」可以用「exhausted」代替，或「get better」改用「improve」，縮減字數，訣竅就是用意義更精準的單一字彙取代。

句子盡量寫短一點，如果任何人都覺得好讀，就是好文章。如果用單字數來計算，理想上一個句子不要超過十個單字。如果不得已得超過，也盡量不要超過太多。

真正擅長寫作的作家們即使把句子寫得冗長，也能寫得很有魅力，但是現在這個階段並不追求這件事。加上不同的文化圈，有時候也不覺得冗長的句子有什麼問題。像西班牙文化圈就毫不排斥有很多華麗辭藻又冗長的說明和描述，因此在他們的文化作品中，偶爾也會看到長到超過一頁的句子。但這是特例，不然莎士比亞（Shakespeare）怎麼會說寫一篇好文章的三個要領「一是 cut，二也是 cut，三還是

cut」呢？

現在只剩提筆寫作了。如果在寫之前還是有所恐懼，那我想對大家說，那份恐懼並非還沒準備好而產生，而是追求完美的強迫觀念所製造出來的假象。因此請大家試著鼓起勇氣，先從簡單的作文開始寫，每天堅持不懈。從今天就馬上開始吧！

05 PART

100天計畫 第3階段──獨自練習

雖然日後的時間可能會讓人害怕，
但是大家很快就會明白，
在無止境的外語學習旅程中，
經常隱藏著面臨困難關卡的時刻，
而這也代表大家也會
獲得驚心動魄且愉快的豐富經驗。

01 聽力

讓外語聽起來就像母語的有聲書學習法

不知不覺１００天計畫來到最後階段，這一章節我打算帶大家一起了解聽說讀寫各領域深度學習的具體方法。如果大家都認真執行到現在，大概已經開始感覺到學外語的樂趣了。當然同時好奇的事情也會變多，也會焦慮地希望實力能有爆發性的成長。

這個時間點非常重要。因為此時可以決定大家在結束暖身後，開始進入狀況的同時，未來是否能突飛猛進，繼續獨立地往下學習，還是覺得這段時間的努力很空虛而洩氣。因此，希望大家能整頓好心情，回想當初踏出第一步時的決心，和我一起一步步將「１００天學習法的最後階段」走完！

如果問學外語的人聽說讀寫中哪一個領域最難，大概都會一面倒地回答「聽力」。即使實際上口說或寫作實力不夠，學語言的人所體感到的痛點都集中在「聽力」，這是為什麼呢？閱讀或寫作無論如何查字典還是能進行，口說實力不佳，也還是能結結巴巴地嘗試，可是聽力如果耳朵沒打開，不就束手無策了嗎？

畢竟又無法把在空中分解，到處飛來飛去的單字抓住，塞到耳朵裡，而且還需要有捕捉一瞬間的能力，這些甚至讓人感到害怕。加上以聽力來說，字彙、發音、語調等會因說話的人是誰而異，差異又大，讓人很難對聽力有信心。

但是即使聽力很棘手，還是不能忽視。因為如果無法克服聽力，剩下的領域也會一個個亮起紅燈。尤其因為聽力和韓國人最弱的口說密不可分，所以越難越要正面迎戰。

身為非母語人士，即使學得再久也仍會覺得聽力很難。所以在100天計畫開始時，我便建議最先要做的事，就是將日常生活中所有的聲音都換成想學的外語，而且在〈PART 4〉也另外規劃了跟讀之外的聽力訓練行程。

如果大家都按照前面我所說的方法確實履行，聽力實力也加速進步到某種程度，這時我建議可以「聽有聲書」。而且不需要限制有聲書的種類，可以聽各式各樣主題的有聲書內容。

如果能找到腳本，聽 Podcast 也不錯，廣播節目或外語學習教材也好。那麼該如何從這些素材中選擇，最重要的還是要挑選「自己有興趣的內容」。而利用有聲書訓練的方法相較下較單純。

利用有聲書的聽力訓練

❶ 選擇比前面提到的聽力訓練程度再高一等級的資料。

❷ 不看文字，專心聽有聲書。目標為每次聽一頁，如果覺得吃力，就以一個段落為單位也無妨。

❸ 看著文字再聽一次有聲書。另外標示出不知道的表達方式，和雖然知道卻聽不出來的表達方式等。

❹ 查找不知道的表達方式後記起來。

❺ 不看文字再聽一次有聲書。

有聲書還可以用在另外一種聽力訓練上，就是「聽寫」。雖然聽寫不只能訓練聽力，也有助於全方位地提升各領域的語言實力，是很好的訓練方法，尤其對強化聽力有很大的幫助，所以便納入聽力訓練中。

也就是說像國小學寫字的時候所做的聽寫練習即可，建議可以選擇理解度約有百分之六十～百分之七十的內容。

即使確定有腳本，也不要先看，可以按照以下順序來練習。

利用有聲書的聽力訓練

❶邊聽準備好的內容，邊進行第一次聽寫。每唸完一句就暫停，然後把聽到的內容寫下來，盡量不要先查字典或重聽。即使有很多內容聽不懂也無須擔心，重點是自己能力範圍內，能聽寫多少就寫多少。

❷從頭開始聽，這次不要暫停，聽著同樣的內容，同時完善第一次的聽寫內容。如果想提高難度，就略過步驟❶，從頭到尾都不要暫停，一直聽寫下去。

❸再重聽一次同樣的內容，但這次看的不是「自己聽寫的內容」，而是用眼睛邊看原本的「腳本」邊讀。

4 這次把腳本放一邊，再從頭聽相同的內容，同時把剛剛聽寫的內容中，需要修改或漏寫的部分補上去。
5 比較音檔的腳本和自己聽寫的內容，檢討到最後仍然聽不懂的部分。
6 再從頭聽相同的內容，重新再聽寫一次。

「聽寫」真的是我強力推薦的學習方法。即使100天學習計畫結束後，隨自己的程度提高，繼續聽寫練習，聽力和字彙力都會快速進步。這段期間，閱讀實力也會不知不覺提升，而這一切都會影響「口說」，使實力產生明顯的變化。雖然這並非一夜之間的效果，但是隨著這些不起眼的變化逐漸累積，到了某一天大家就會為自己擁有更加豐富的字彙，以及更上一層樓的聽力和口說實力感到驚訝。

前面提到的有聲書聽力訓練和聽寫，都有共同要遵守的兩件事。一是堅持不懈，二是不要太依賴腳本。前者可適用於幾乎所有語言學習領域和訓練，所以無需多加說明，但是後者似乎需要一點補充說明。

訓練聽力時盡量不要看腳本或字幕有個重要的原因，因為同樣的內容在看到文字的那一刻起，就不是在訓練聽力而是在練習閱讀。當眼睛看不到文字時，我們的大腦為了理解內容，就會將所有神經集中在耳朵，一旦開始透過文字藉由其他管道輸入資訊，就很難專注在聽力上。因此，如果不是為了練習閱讀，文字稿或字幕在不得已的情況下，也就是怎麼樣都聽不懂，需要確認時才拿起來看。訓練聽力時，應該以此為原則。

如果已經進步到某種程度，就可以盡量多接觸難度再高一階的影片素材。電影、紀錄片、電視劇、情境喜劇、YouTube、Podcast 等無論哪一類素材，都接觸越多越好。只是有件事必須時時擺在心裡，就是盡量遠離字幕這項原則。

利用影片練習聽力的模式

我在學外語時，利用影片練習聽力的模式如下。

❶ 不開字幕看完整部影片。

❷ 打開原文字幕，再看一次，然後將不知道的表達方式抄下來。不過除了抄

寫要學的新的表達方式以外，都不要刻意看字幕，盡量集中精神聽。

❸ 當寫完不知道的表達方式列表，就一個個去查找意思，然後背下來。

❹ 不開字幕，再看一次影片。

熟悉這套練習模式後，就可以稍微變化一下，勇敢挑戰其他內容，例如新聞、討論節目或搞笑節目。其中以新聞來說，通常主播的發音清晰，加上如果對時事有所了解，就能很快聽懂，反而比其他內容更好接觸。

讓人感到最意外的是，喜劇節目是最難的內容。因為如果不懂他們的文化背景和幽默，即使聽得懂卻難以產生共鳴。然而只要能達到了解他們的文化背景和幽默的程度，那麼收看喜劇也是很棒的學習方法。

可以強化聽力實力的幾個技巧

目前為止介紹了深度訓練聽力的方法，此外再和大家分享幾個能夠強化聽力實力的技巧。

1. 多聽同語系卻不同國家的人所說的話

雖然有的語言跟韓語一樣，只在一個國家內使用，但是也有不少語言會同時被很多國家選為官方語言，或因為語種分布區域龐大而跨區使用，像英語、西班牙語、中文、阿拉伯語等就屬於這一類，這些語言在每個地區的語調和發音，以及使用的詞彙都不同。如果想學好一個語言，我的哲學就是盡量不要偏食。

因此，如果學的是英語，那麼不僅要接觸美式英語，也要各方面接觸英國、澳洲、新加坡、南非等地所使用的英語；如果學的是西班牙語，也不要只接觸西班牙當地的西班牙語，還可以多聽中南美洲各國所使用的西班牙語，如此一來就能拓寬該語言的使用半徑。例如，星期一看美國情境喜劇，星期二看英國電影，星期三看澳洲紀錄片，利用這些素材接觸各種不同的發音，制定「自己專屬的學習計畫表」來實踐吧。

2. 聽各種不同的話者說話

聽各種話者說話也和聽各國人的語調和發音一樣重要。輪流聽男人、女人、小孩、學生、年輕人、老人說的話，可以讓聽力實力大幅進步。這件事藉由看情境喜劇、電視劇、電影多少有幫助，可是如果能時時刻刻注意就更好了。

雖然聽母語人士實際說話比透過電影或電視劇這種人為製作的影片還理想，但是大家可能會覺得茫然，因為不知道有什麼管道可以聽到話者自然說話的聲音。

如果好好利用網路，可以找到有用的資訊，其中我想介紹的就是elllo.org這個網站。這是在日本專注於英語教育的立命館亞洲太平洋大學（立命館アジア太平洋大学）教授陶德・布肯斯（Todd Beuckens）做來當作研究所的研究項目，因為受歡迎所以就持續經營。網站上傳了兩千五百多支居住在全球約一百多個國家，共三百多人用平常的語氣說話的影片，每支影片都可以免費下載腳本來看。

這個網站的優點是可以聽到年紀、性別、國籍不同的普通人各式各樣的發音和語調，還有每支影片提供的腳本，不只可以當作聽力練習的資料，也可以用來當作跟讀或聽寫等練習的資料。

3. 記住，不需要懂每一個單字

先想想用母語對話時，聽完對方說的話，我們並不會分析每個單字，而是掌握所有內容的脈絡來理解。外語也一樣，根據對方話裡表達出來的語感，了解對方的意圖，就是決定實際聽力實力的關鍵。正因為如此，懂得看人眼色的人外語都很好，學外語也會越學越懂得讀空氣。雖然聽起來滿好笑的，但這是真的。所以我要叮嚀大家，在訓練聽力時，與其糾結在小地方，不如花更多力氣在掌握所有內容的脈絡和語感。

來，現在是攻頂前的最後階段，想到大家不知道付出多少努力才走到這裡，請務必帶著對自己的驕傲，為自己再次加油打氣，並且要感到開心，因為不開字幕也能輕鬆看英劇、美劇，以及和外國朋友對話的日子正逐步靠近呢！

02

口說 獨自訓練口說的鏡子訓練法

聽說讀寫在學習上都有各自的困難，但是聽力和口說的難度難分高下，也是韓國人沒有信心的領域。尤其口說難以獨自練習，更讓人感到苦惱。先從結論來說，要提升口說實力，絕對沒有比和當地人相處還要更有效的方法，但是並非每個人都可以說走就走地去遊學，所以考量到現實的問題，我在這裡也想提出最有效的練習方法。

首先我想說的是，以我的經驗來說，雖然成果無法像去當地念書一樣，但是在韓國仍然可以將口說實力累積到一定的程度。所以我希望看這本書的讀者可以鼓起勇氣，雖然需要更努力，但是絕非不可能的任務。

無論什麼事只要持續懷抱熱情，達成願望的機率就會變高，語言學習更是如此。只要帶著堅定的意志努力不懈，無論身處何種環境，也能累積實力，不需要羨慕別人。重要的從來不是環境，而是決心。

我在〈PART3〉有說過三種口說的暖身運動：「發音練習、模仿聽到的所有聲音、用正在學的外語說簡單的自言自語」，〈PART4〉也追加說明透過跟讀等方式間接訓練口說的方法。我相信大家都確實履行，這次我要介紹的是進階的自我對話練習法。

1. 每天對著鏡子練習兩次演說

任務就是每天早晚，以一天的行程為主題，和鏡子裡的自己對話。早上整理並說出今天要做哪些事，晚上則說當天發生了什麼事。

因為剛開始可能會不順利，所以先寫好講稿也是個方法。其實也無需說到「講稿」這麼偉大的用詞，只要準備五～十行左右的內容，每天都能夠實踐，就算大功告成了。

早上主要敘述當天的身心狀況、一整天的計畫和心情，可以使用現在式和未來式；晚上可以使用過去式，說說當天發生了什麼事，和誰見了面，吃了什麼食物，和心情如何等。看著鏡子練習的原因，是因為可以觀察自己的嘴型，檢視自己的表情，甚至手勢。

我們說的「語言」並非只有說的話和寫的文章，眼神、表情、肢體動作等都包含在內，在西方的語言和文化圈更是如此。因為很少看到有人在傳達訊息時，全身僵硬地站著，大部分的人都會輔以豐富的表情和手勢，所以練習口說時，一邊回想電影或其他影片中看到的母語人士，一邊自然地練習口說很重要。

加上有時候即使覺得自己有在動嘴巴，但是照鏡子時卻很常發現自己像在含滷蛋一樣。把話說好的第一條路，就是把嘴巴張開，將母音發準確，才能提高傳達力，因此練習的時候如果能注意這點，會對口說很有幫助。

尤其以個人事件為主題練習口說，也會不知不覺中刺激情緒，是很好的訓練方法。每天看著鏡子以日常計畫或情緒為素材來表達，可以說是最好的練習。如果有時間或熱情支撐，不僅可以嘗試準備更長的內容，或增加練習的次數也好。重要的還是跟前面一樣，就是持之以恆地練習。

2. 每天練熟一句型

〈PART 4〉介紹專注於基本句型的學習法，一共舉了十個英語句型為例，從星期一到星期五，每天各練習一個，只需兩週就可以將十個句型都看過，一個月可以執行兩次這個練習行程。這種練習方式不需特別定下時間，需要經常練習，簡單說就是刻意只使用一個句型，專心地造句。

舉例來說，今天決定要練習及物動詞句型中的「主詞＋及物動詞＋直接受詞＋形容詞」，那麼就一整天利用眼睛看到的事物或腦海中想起的內容造句來說。

- Having an espresso keeps me awake.
- The rush hour traffic drives me crazy.
- My boss makes me nervous.

像這樣一整天根據遇到的情況練習適合的句子，隔天再以同樣的方式練習另一個句型。

如果覺得太簡單，可以加上修飾語等，提高挑戰強度也不錯。我在學外語時也經常像這樣利用句型來練習，雖然身邊的人會表現出「妳幹嘛老是講奇怪的話」的樣子，但這完全不影響我，反而聽到那些話，我還會暗自竊喜，在心裡稱讚自己有好好努力練習。學外語不嫌練習太多，可以的話，我希望大家都能努力地多做練習！

3. 和專業講師或外國朋友語言交換

雖然這個方法比其他方法需要更多勇氣，也比較刺激，而且需要投資一點費用，但是如果連這點努力都沒有，很難期待可以輕鬆學習其他國家的語言。如果想減少費用，那麼至少一定要努力尋找語言交換。

找老師一事雖然會隨自己居住的區域有什麼補習班或學校，以及能找到什麼樣的老師而異，但是最近這也不重要了，因為可以用網路上任何課程。

因為我喜歡找母語人士當老師，所以即使在地球的另一邊，我也經常在使用標準語的都市中，打聽優秀的語學堂，並且親自寫信找老師。如果覺得不必非得這麼做，或想找即使在韓國，外語仍很好的人當老師，那麼詢問國內的語學堂，也比較好找。

如果想語言交換，可以追蹤臉書粉絲頁中適合的專頁，或安裝語言交換APP。如果想在Google找語言交換APP可以搜尋「best language exchange apps」，這樣就可以找到各式各樣的人選，還有打聽在國內留學中的外國學生也是個不錯的方法。最有可能找到語言交換的地方，應該是聚集主修各種語言的學生的韓國外國語大學，或設有韓國語學堂的大學等，可以聯絡那些學校找找看。

在找最適合的語言交換時，一定要考慮到對方的情況和地域特性等因素，我建議一週至少交換一次或兩次。不過大家要記得，這個方法即使在100天學習計畫結束後，也要持續進行才能看到預期的成效。

4. 一分鐘演講

這個練習推薦給已經試過前面所介紹的所有方法，還是覺得不夠的人。雖然有人從旁協助為佳，但是如果沒有，自己一個人也可以練習。決定好一個主題後，安排好內容的起承轉合，然後假裝像在聽眾面前演講一分鐘。演講前腦袋裡必須要先想好內容，而且一定要計時，此時時間可以自己決定，如果想講長一點也沒關係。不過我建議與其每次改變時間長度，還是把時間固定下來比較好。

這是主播在接受演說訓練時也常使用的方法。在一定的時間內，如果想有效傳達要說的話，就需要統整性的思考和技術，因此執行起來也比想像中難。時間短則講短，時間長則講長，配合時間將想法有條不紊地說出來，而且為了讓聽的人能夠印象深刻，挑選單字、調整語速和語調也不容易。這裡順帶一提，主播們的演說訓練給的時間是三分鐘。

這在練習外語口說的時候，也很有效，如果覺得一開始即興演說壓力太大，那麼就可以先想好一個主題，準備好講稿，然後把稿子背下來練習也無妨。

不過如果想連同反應能力一起訓練，就不要想太久，不要先寫講稿，盡量在短時間內整理好要點和說話的流程，就直接演說。建議不要像在背講稿一樣，而是在腦海裡大略地想好內容後，在沒有講稿的情況下試著演說看看。

這時如果有老師或語言交換可以扮演聽眾的角色，指出錯誤的部分和幫忙矯正最好，但是如果沒有，請記得我們隨時都可以準備一面「鏡子」！學外語時，「鏡子」隨時都是很有用的學伴呢。

即使做再多口說練習，在外國人面前還是有可能全身僵硬。但是在和外國人見面時，鼓起勇氣說一句話也好，場面就會完全不同。我認識一位年輕人，他因為家境不好，從未上過家教，也從未有系統地學外語，但是他卻憑自己對語言學習的熱情，學習從不落人後。

他抱著去巴黎留學的夢想自學法語，有一天他在首爾市區的咖啡廳念書，隔壁桌剛好來了一位法國人。雖然他並沒有特別要和對方說什麼，而且當時也不到能自然對話的程度，但是他直覺自己一定要和對方搭話，於是便鼓起勇氣走過去打招呼，介紹自己是正在自學法語的學生。

於是兩人成為朋友，而且定期見面或講電話，感情越來越好。隔年夏天，法國朋友便邀請他到自己的故鄉，於是兩人可以一起在法國玩一個月。而這個類語言研修的行程，也讓他產生自信，認真學習法語，現在已是法語達人，而且很快就能去巴黎的大學念書。這件事告訴我們，忍住片刻的害羞和緊張，換來的卻是為自己打開新世界的契機。

我也想分享我的經驗，或許能為各位讀者帶來勇氣。我在大學念西班牙語時，很可惜沒有機會和母語人士交流。當時系上沒有外籍教授，也幾乎沒有交換學生，想找從西班牙語系國家來的人根本想都不敢想。

然而有一天，我在鍾路發現一位說西班牙語的男人，他正站在人行穿越道前，打算過馬路。當時幾乎為學外語而瘋狂的我心想，無論如何我都要跟他當朋友。

當時的我毫不瞻前顧後，只想著從他面前經過，然後弄掉我的手帕。還好他也按照我的劇本，將手帕撿起來還給我，而我也以此為契機，和他成為朋友。

他是祕魯人，我們偶爾會見面交換西班牙語和韓語，維繫彼此的感情。他是我在首爾外國人還不多的時候，只因為想學西班牙語，而幸運找到的珍貴語交朋友，也相當於我的母語外籍老師。容我再次強調，有志者事竟成，如果真的很想達成夢想，就一定可以找到方法。

學外語時，尤其想提高口說實力，越「厚臉皮」越有利。即使說不上幾句話就得打住也沒關係，而且也不要期待一下子就能交到自己喜歡的朋友，或以為自己從此就能流暢地說話。務必逮到機會就盡可能地嘗試，在過程中發問、學習、感受、挑戰，不斷地重複這些歷程，因為沒有比遇到機會就積極開口說話更好的訓練方法了。

最後我想簡單點出，讓口說深度練習法的效果最大化，必須一起執行的訓練。口說實力和聽力有直接的關聯，也和字彙關係密切。因此，練習口說的同時，持續訓練聽力，增加字彙量，就能進步得很快。

在這個階段能夠幫助口說的聽力，我最推薦以跟讀來訓練。因為跟讀同時涵蓋部分聽力和口說的訓練，甚至還能幫助矯正發音和語調。

將跟讀作為聽力和口說的輔助訓練，且持續將同義詞、相反詞、片語動詞、慣用語等記下來，同時專注於前面提到的方法，一個月後大家的口說實力一定會明顯變好。

現在球又回到大家手上了。大家既沒有時間猶豫，也沒有猶豫的理由。你們一定做得到，只要現在馬上行動！對了，今天就是第一天哦！

03 閱讀、用呼吸讓實力升級的斷句閱讀訓練法

提高聽力和口說練習的比重，並且提前開始訓練，這和過去我們熟悉的學習法不同，多少會感到生疏，那麼從現在起介紹的閱讀和寫作，如果平常沒有習慣，很可能會讓大家感到窒礙難行。因為聽力和口說是任何人平常會做的事，相反地，閱讀和寫作甚至連自己的母語都不太使用，或帶著抗拒感。換句話說，閱讀和寫作可以說和習慣有關，重點在於持之以恆，需要耐心和努力。

不過我相信如果將第二階段提到的「每天閱讀和寫作」連續實踐一個月的人，在最後階段也能輕鬆上路。

聽力和口說即使事前知道的知識很多，可是如果沒有爆發力，在實際狀況就會感到慌張，嘗到巨大的挫折感。相反地，因為閱讀和寫作的努力和成果成正比的機率高，所以我希望大家都能努力看看。

閱讀的深度學習，簡單來說贏不了廣泛閱讀的人。然而因為只要有訣竅，就能讓效果倍增，所以我們來看看具體的學習法吧。

發出聲音來閱讀和〈PART 4〉提到的方法雖然相同，但是要把資料的程度提高。過去如果選的都是句子比較短的文章，那麼從現在起要練習閱讀更長的句子，例如以對話體寫成的劇本等，試試新的題材也不錯。

在練習讀解時，如果想提高資料的難度，一定要牢記一件事，就是「斷句閱讀」。以韓語的「爸爸走進房裡（아버지가 방에 들어가신다）」這個句子來說，根據斷句的方式或句子的空白來讀，可能會曲解成「爸爸走進包包裡（아버지 가방에 들어가신다）」。在閱讀外語的時候也一樣，知道句子要在哪裡停下來也包含在讀解實力中。在練習階段時，無論再短的句子也要仔細地斷句閱讀，這樣之後接觸到又長又複雜的句子時，就能自然地看清楚句子的結構。

那麼斷句練習該怎麼進行呢？前面主要是利用有聲書來練習聽力，如果將此延伸，可以當作閱讀的深度學習，方法也很簡單。

先選好一個有聲書題材，將文本打開後，邊聽聲音，邊標示每個朗讀者停下來的地方。接著關掉有聲書的音檔，自己一句一句地讀，然後解析。當然此時如果能發出聲音來唸就更好了。反覆練習幾次，自然就能掌握句子的結構，即使之後聽的不是有聲書，也能知道閱讀句子時該斷在什麼地方。

朗誦時換氣的時機和幫助掌握文章脈絡的斷句閱讀有相當程度的一致性。因此，熟悉聽著有聲書練習讀解之後，就可以練習不聽音檔，自己發出聲音朗誦，在換氣的地方斷句。如果追加以下練習方式，將很有用。

1. 選擇各種閱讀素材

一開始先從童話故事這類單純又簡單的文章開始練習，然後建議可以漸漸提高程度，這樣也能拓展閱讀的內容和形態。交替閱讀散文、小說、新聞報導、社論、商業電子郵件範例等文章，這樣就不會只被一種題材局限，同時還能增加字彙的廣度。我也推薦可以將新單字或表達方式另外整理成單字列表。

2. 和字彙練習一起並行

如果字彙力佳，讀解就會更順利。而且如果認真練習閱讀和讀解，自然字彙力也會提升。最好兩者都能一起訓練，讓彼此交互影響，實力就會進步。因此，即使一天只學幾個新的單字、片語動詞、慣用語等，在付出這些努力的同時，也會幫助讀解力在不知不覺間向上躍進。

3. 讀完一本散文或小說

除了閱讀各種題材的內容，還可以選一本書讓自己持續閱讀。這件事即使在100天學習計畫結束後，也必須持續進行，雖然不容易，但我還是建議大家一定要試試看。

剛開始挑戰時，建議可以選擇稍微簡單，即百分之八十以上沒有字典的協助也能讀懂的書。我之所以推薦散文或小說，是因為能夠接觸到比其他非虛構寫作的書籍更豐富的字彙、描寫和比喻等，所以可以將讀解力提升到新的境界。加上如果內容有趣，也能讓人有動力把書讀下去。

04

寫作

每天又新又愉快的寫新聞學習法

用外語寫作對每個人來說都很難，對不曾以母語學過論述的人來說，難度更高。相反地，對平常就有寫作習慣的人來說，可能會稍微順利一些，可是這種情況也需要訓練自己不要先用母語思考再翻譯。

前面介紹的開始寫作的方法，是先抓好骨架，再填入血肉，雖然簡單，但是我推薦的方式是寫日記，因為可以持續實踐。而這次我要介紹的方法範圍會更廣，也就是將各式各樣的寫作方式落實到生活上。因為寫作領域很難切身感受到實力進步，所以重要的是必須立下長期目標，找到和寫日記一樣的理由，讓人感到有趣又能長期實踐。以下就是我提出的「快樂寫作訓練」的範例。

1. 挑戰寫我自己的新聞

大家有曾經在學校編寫過校內新聞或報紙的經驗嗎？我想大力推薦給任何程度，無論是初級還是高級的學習者「寫自己的新聞」，這是一種能讓寫作實力進步，值得嘗試的好方法。

如果想傳達完整的新聞，寫文章時需要按照六何原則，並加入有趣的內容，很容易就能寫得有趣。雖然新聞聽起來好像是大工程，但其實也可以很簡單。

大家可以想像自己就是總編輯，決定自己想做的內容形式（報紙、雜誌、和地區居民息息相關的小報等）。例如，想做報紙可以如下劃分新聞版面。

頭條／一般新聞／重點新聞／今日的國際議題／推薦的展覽及文化新聞。

接著開始寫各個版面想放的內容。頭條只要以短的句子寫下核心訊息即可，文化消息或國際議題也可以抱著輕鬆的心情來寫。只有重點新聞需要多下點功夫，可以按照前面說明的起承轉合的寫作方法來寫。

雖然只用 Word 寫也不錯，但是如果想再做得更開心，更印象深刻，可以回想學校的美術課，嘗試不一樣的做法。

這個方法還有一個優點，就是可以和朋友或家人一起執行。因為這個方法在大家學外語學膩時，可以改變周遭的氣氛，讓自己動起來，有助於提高學習效果。

2. 積極使用簡訊或聊天軟體

在全球多語達人定期聚會上，有位演講者分享了一個故事。這是某位多語學習者的親身經歷，是一個真的很奇特的寫作練習案例。那時他正在學俄語，藉由通訊軟體和許多非特定的俄國人交朋友，然後一次開多個聊天視窗，先開始和A聊天，接著把A傳的訊息原封不動地貼給B，B回覆之後，又再將B的訊息貼給A，A若對B的訊息提出問題，又再將這個訊息貼給B。他就是用這種方式學俄語的。

這個方法到底是如何想出來的，真的很驚人。根據當事人的說法，這種方式可以訓練自己親自使用第一次看到的表達方式，然後看到對方是如何回答之後，再即時活用，可以快速且盡情地練習寫作。

雖然聽眾聽完這個故事哄堂大笑，但是我相信他們心裡一定都在想，這個練習方法太有趣了，實在無法笑過就算了。

在學語言這個競賽裡只有積極的人會獲勝，不能因為實力未達能使用文字訊息聊天就放棄，而是像這樣想出自己的方法。記住，我們生活的世界可以做任何嘗試。

即時通訊的優點就是因為難以預測對方會傳什麼訊息，聊天的主題也很多元，所以總是可以學到新的東西。而且不必刻意安排很多時間，還可以訓練反應能力。而這個方法對大家來說，需要的不是完美的實力，而是一點勇氣。

只不過和陌生人聊天可能話題會發展到和本來學外語的目的無關的對話或關係，所以這時候要特別注意，也別忘了世界上的人無奇不有啊！

3. 交筆友

如果想比剛剛介紹的以短文交換的方式更認真的方法，就是交筆友。如果找的外國筆友想交換韓語或對韓國有興趣就很有利，只要使用電子郵件，就能零壓力地製造寫作的機會。

這時不要即興寫作很重要，而是將文章仔細潤飾後再寄出。即使不講求格式，還是要思考文法上是否有誤，是否可以用更好的單字來替換等，偶爾可以邊寫邊查字典，盡量寫出完成度高的文章，對寫作練習才有幫助。

因為我沒有親自使用過的筆友網站，所以很難挑一個網站推薦給大家。建議大家不要急著加入從網路上搜尋到的幾個網站，先試試水溫，再挑出最適合的網站和筆友為佳。

4. 試著寫寫看描寫各種主題的文章

如果作文實力想進步，就要和口說一樣，經常透過寫作將自己的想法和感情寫下來。因此，我想推薦的是，定期從自己的日常生活中取材，以一件事物或空間等為主題，然後仔細地描寫。

例如以「我的書房」「我的車子」「我的媽媽」「我看過的最美的日出」為寫作題目，只是這個方法需要有人幫忙看作文，雖然請專業的老師最好，但是也可以求助於以該外語為母語的朋友。

重要的是持之以恆。制定「每週一篇，三個月內寫十篇以上的作文」這樣具體的目標來實踐，才會有所進展。

5. 集中訓練自己所需的特定領域的寫作能力

如果是帶著特定目的學外語，就需要增加符合該目的所需的字彙量，並且額外訓練可以符合該框架的寫作能力。像是考大學寫小論文的能力，或是需要寫商務電子郵件的能力等，大家都可以依照各自的目的購買教材，按部就班地照書中的教法盡量練習。由於寫作和閱讀一樣，短期很難看到變化，因此制定長期目標和帶著耐心堅持下去，才是最重要的。

最後關於寫作，有一件事我一定要補充。用外語寫作時，比起洋洋灑灑，寫出不模稜兩可、言簡意賅的文章更重要。把長句換成短句，多熟悉並使用意思明確的單字，而非含糊不清的表達方式，還有掌握連接詞等也很有幫助。

到此是我自己的閱讀和寫作學習法。雖然我介紹很多學習和練習的方法，但是不一定要照單全收。重要的是從中挑選出適合自己的方式並堅持下去，在實踐的過程中，或許就會創造出帶有自己的風格和訣竅的全新學習法。

閱讀和寫作多少會有點無聊，所以大部分的人一開始都不太想接觸這兩個領域，但是如果不要貪心，先從簡單的做起，並且找到有趣的方法一點一點實踐，就能帶著輕鬆的心情閱讀原文書，而且想寫信給外國朋友或商業夥伴就寫。來，現在我們已經看到目標了，再加點油吧！

05 集中征服自己的弱點

100天挑戰期間必須執行的任務說明，在這裡全部劃下句點。然而還剩下非常重要的部分，就是找到自己的弱點，然後加以改善。

每個人天生的才能都不同。別人有的優點，剛好是我沒有的缺點，即使用相同的方法學習，結果可能也會不一樣。因此，有很多時候，比起天生的才能，找不到適合自己的學習方法，才是學習不見成效的最大原因。然而在100天的學習計畫執行結束後，大家完全不必擔心成果不如預期，或暴露之前都不知道的弱點。

前面有提到學外語就像蓋房子，原因是因為在很多方面和蓋房子的過程很像，現在我要說的大家也可以用同樣的脈絡來理解。我們再想像一次蓋房子這件事。即使極盡所能將設計圖畫得很仔細，也認真地按照計畫行事，不過這終究是人做的事，自然會發生許多變數，所以中間也需要有彈性空間來改變計畫，當超乎預期的問題發生時，也無法避免需要思考對策來改善及修正。

在100天內挑戰學外語也一樣。在最後階段一定要經過以下過程，分析自己實踐這些學習法後所發現的弱點等，以及審視究竟什麼樣的學習法更適合自己，然後制定新的方向。

首先，可以透過自我測驗掌握自己較弱的部分。外語學習者必須抱持一種心態，就是「我是學生也是自己的老師」。自學不用說，可是即使是上學或有家教老師也一樣。即使老師可以傳授知識或矯正錯誤觀念，但能做的還是有限。不只語言如此，無論哪一種領域，在學習熟悉技術的方法時，接受指導和實戰是不一樣的。如果沒有經過把學來的東西加以實踐，偶爾邊經歷挫折，邊把知識變成自己的過程，是絕對不可能達到自己所想的實力。也就是說，大家必須啟動時不時回頭審視自己的狀況，並逐步解決問題的系統。

學習的過程中一定要記得這點，尤其現在這個階段更重要。因為在錯誤的習慣定型或浪費時間之前，要找出問題所在，然後予以修正。因此，自我檢測最準確，看看以100天為目標的時間裡，哪裡進步了，哪裡還不夠。無論是聽說讀寫都要經過測驗，然後冷靜分析。

最簡單的方法就是購買市面上出的測驗題，或考個簡單的測驗。以英語來說，即使現在的實力可能還不足以拿到漂亮的分數，但還是可以考個經驗，試試挑戰多益（TOEIC）或雅思（IELTS），也可以買為了準備這兩種考試所出的模擬試題來測驗。不過即使只是在家自己考試，也要計時，打造和真的考場一樣的環境才有效！

如果不喜歡這種方法，可以考慮自己設計測驗。聽力可以聽寫，口說則錄下自己的三分鐘演說，然後看著影片自我檢視，閱讀也可以計時測驗，寫作也一樣計時，結束後可以找身為母語人士的朋友或老師幫忙批閱，向他們徵詢意見，接受評價等。

無論選擇哪一種方法，最終目標是搞清楚哪裡還得繼續努力，其中哪一方面偏弱。雖然學習的效果因人而異，也是有人四種領域的實力都能均衡發展，但是大部分的人在這個階段發現自己學得比較好，以及學得比較不好的領域的機率比較大。找出問題在哪裡，哪個部分更需要集中心力學習之後，做好紀錄就可以朝下個階段前進。

透過自我測驗知道自己偏弱的地方，就可以制定彌補不足之處的新計畫，一項項實踐。推薦當100天挑戰到了約九十天的時候，就可以進行測驗，留十天左右的時間，給自己機會專心補強偏弱的地方。

當然十天要完全彌補自己的不足之處，時間可能不夠，但是結果之後再想，在這段時間無論是聽力、口說還是寫作等，先花最多的時間在自己最沒自信的部分。可是希望大家不要搞錯，像這樣針對性的加強學習，不代表其他的領域就可以不用碰。

外語學習就像雜耍同時拋接很多顆球一樣，即使把一顆球往上拋高，也要不斷地拋接其他球才行。因此這個過程有效率地使用時間就很重要。先把維持至今累積的知識所需的最少時間，平均分配給所有領域，剩下的時間就全部傾注於偏弱的部分。選擇大概兩種學習方法交替執行，然後最後再做一次自我測驗，和之前記錄下來的測驗結果做比較。

這樣一來，難免得重新設定目標。即使長期目標不變，在100天挑戰結束後，我建議可以花時間慎重思考，關於之後想逐步實踐的內容的短期目標，然後修改計畫。

關於語言學習，設定目標真的很重要。因為就像在沙漠中長時間奔跑一樣，有的人為了不在沙漠中迷路，會在目的地插上旗子，奔跑的過程中也會時不時標示位置，有的人卻兩手一攤，什麼都不做，最後兩人的結局當然天差地遠。當100天的賽跑快落幕時，應該也會自然看出需要修改的短期目標，也會發現自己不夠成熟的判斷，而產生想改變的念頭。只要抓住這些線索記下來，就可以反映到新的目標和計畫上。

重新回到文法上吧！

終於剩下100天學習法的最後一哩路了，我想為這個階段命名為「Back to the grammar！」，即複習和深化文法的過程。

因為文法是蓋房子時，像立柱子這類重要的基礎工程，所以大家應該還記得這是我之前強調，必須在第一個月內完成的事。從現在起，可以說是當時扎實訓練的文法知識，發揮它真正價值的時候。現在真的該立起厚重的牆壁，蓋上屋頂，為牆壁和天花板掛上裝飾，在屋內擺放家具。而柱子之間配置的水管也應該要有水，電也應該正常供應才是。

在做這些事之前，必須重新確認柱子的位置、尺寸和模樣等，還要立好鋼筋提高柱子的強度和釘釘子。這些工就相當於文法的深度學習，如果這段時間夠用心，到了下個階段時，語言實力進步的速度就會快到隨便學文法的人根本比不上的程度。因此，「Back to the grammar！」雖然也是過去１００天的複習，但是也會成為日後前進的墊腳石。以剛開始學到的文法核心內容為重點，再整個複習一遍，同時我也推薦大家去找或使用再複雜一點的例句來學習，這樣除了能重拾被遺忘的文法內容，還能享受之後應付新的學習內容的效果。

我經常對身邊向我請教語言學習的祕訣是什麼的人說：「外語學習者都需要自由業者（freelancer）的精神。」這是什麼意思呢？最近ＹＯＬＯ（及時行樂）族或Digital Nomad（數位遊牧民族）的生活風格開始受歡迎，憧憬自由業者生活的人也變多了。可是曾當過自由業者的人都知道，實際上並不如「自由（free）」這個單字般自由。更準確地說，如果沒有任何原則或框架，只是一味追求自由的自由業者，不久就會面臨無法享受自由的窘境，所以自由業者並不會過著無限自由的人生。

說真的，可以按照自己的意思設計或取捨時間和空間的利用，這點真的相當迷人。然而為了享受自由，自由業者需要比其他非自由業者更嚴格的基準和原則，偶爾為了遵守這些基準和原則，也會發生必須克制或放棄的事。因此唯有能以嚴格的基準守護自己的信念，且懂得善用時間的人才能成為成功的自由業者。

語言學習者就需要以這種自由業者的精神一步步走下去。之前１００天的挑戰在於培養真正的語言學習者的態度和習慣，是鞏固基本體力的時間。而日後將以此為基礎獨自前行，必須建立屬於自己的生活原則和學習方法。即使沒人在一旁嘮叨和鼓勵，也要構築能主動整理混亂的生活，和讓自己能重新振作的系統。

１００天挑戰的最後階段是獨自前往比賽前，檢查所有裝備和身體狀態的過程。我想為成功按照這些方法走到這裡的所有人鼓掌。雖然日後的時間可能會讓人害怕，但是大家很快就會明白，在無止境的外語學習旅程中，經常隱藏著面臨困難關卡的時刻，而這也代表大家也會獲得驚心動魄且愉快的豐富經驗。以持續燃燒的熱情走在這條路上的人，甚至連跌倒受傷都懂得享受。

一直以來努力奮鬥的各位已經是冠軍了！現在就讓我們抬頭挺胸，奮力朝著眼前的道路奔跑吧！

06
PART

如果想享受未來的愉快冒險

透過100天挑戰計畫，
大家已經成為像正要開始學步的孩子。
既然現在已經可以獨自站立，
那麼就不要停下腳步，
而是真正地開始走路、跌倒，然後再繼續走路，
接著跑起來，真正開始探索新語言的世界。

01 真正的比賽從現在開始

我想為成功完成100天挑戰的各位打氣，大家辛苦了。我相信一定有人嘗到滿足的結果，也有人並非如此，但是大家都沒有中途放棄，光是走到這裡，就值得接受掌聲。外語學習就像一場和自己的戰爭，無論從哪個角度來看，都像作家寫書的過程，所以我想分享一件可以說明這件事的經驗。

這是我住在巴黎時發生的事。當時的我正為構思第一本小說而煩惱，我住的地區不大，剛好那裡一間自詡歷史悠久的書店要辦一場著名韓國作家的文學討論會。而我真的很想和那些作家見面，於是便排除萬難參加了那場活動。因為我已經超過一年連一行字都寫不出來，每天抱著苦惱度日，所以我想得到那些前輩作家的鼓勵和建議。剛好活動結束後的茶會上，我很幸運地獲得單獨和那些小說家交流的機會。他們大部分都跟我說「要努力」「任何人都做得到」「很快靈感就會上門，不要太心急」這些話，為我打氣加油，然而其中有一位作家說的話，讓我印象深刻。

「如果這世界上想寫小說的人有一千人，那麼其中會實際提筆寫作的人就一位；如果開始創作的人有一千人，那麼能寫完的人就一位；如果實際完成書稿的人有一千人，那麼能享受書籍出版的幸運之人就一位；如果世界上成功出書的人有一千人，那麼能受讀者喜愛的人就一位。即使你不是最後那一位，也要重新回到書桌前繼續創作，如果你沒有這份熱情，那還是不要開始。因為太辛苦了。」

雖然這番話讓人刻骨銘心，但說的一點也沒錯。當時間流逝，就會發現如果想當小說家，就不得不抱著那份決心。學外語也非常類似，因為即使有很多人抱持「我想學」的想法，可是真正實踐的人卻寥寥可數，即使邁開第一步，能走到最後的人還是很罕見。從這點來看，我真心認為走到這一步的讀者，你們辛苦了，你們好棒，這是我想對你們說的話。

正如小說家得不斷回到書桌前繼續創作，語言學習者也一樣，必須一再把書打開。學外語有起點，卻不見終點。100天的旅程結束後，大家劃下的不是句點，只是逗點而已。

如前所述，一百天並非學完外語的時間，只是能夠讓各位快馬加鞭地投入真正的學習，開始自學所需的時間。大家可以想像孩子出生後的成長過程。雖然到他可以獨自站立到走路為止，必須經過一番辛苦的抗戰，但是接下來任何地方他都會爬上去，偶爾還會走進危險的地方，探索這個世界。雖然時不時會受傷，但那正是他成長的基石不是嗎？

如果因為怕跌倒就癱坐在地上，那麼那個孩子永遠也學不會走路。媽媽能給的幫助有限，只能從旁觀察，並不能幫孩子走路。而成功結束１００天挑戰的各位正好就來到宛如孩子蹣跚學步的時期，既然現在大家已經能獨自站立，那就不要裹足不前，因為已經到了大家真正開始走路、跌到，再站起來走路、跑步，探索新的語言世界的時機。

即使只看我和我周遭的情況，就能清楚知道在開始學走路之後，過程有多重要。雖然我們念的是同一所大學、同一個科系，也同時修完西班牙語課，也同樣完成一年的語言研修，可是把時間拉回現在，大部分的同學都僅記得打招呼語而已。而且他們上大學時，都是表現突出，各自帶著語言天分的光環。然而畢竟語言是技術也是道具，即使是語言天才，卻沒有持續學習還是枉然，相反地不斷付出努力和時間的人，成果一定會握在他們的手中。

我也是如此。大學畢業後我便進入電視台工作，幾乎沒有使用英語和西班牙語的機會，可是如果不用，這些語言能力很快就會長灰塵，最後淪為沒用的工具。因為我很清楚這就是語言的特性，所以只要有空，我就會找方法自我學習。即使我覺得煩，想偷懶，還是會聽英語新聞或上課，也會積極參與能和外國人見面的場合，刻意撥出時間用英語寫作和讀原文書。

西班牙語的情況也一樣。我會找西班牙語原文書來看，聽拉丁歌曲，而且當我覺得在學校學的東西開始記憶模糊，我就會利用電視台忙碌行程中的零碎時間去補習班，和年輕的學生一起聽文法總整理之類的課程。雖然那時候還沒有YouTube，線上課程也不像現在發展蓬勃，但是當時與其抱怨沒有更好的方法，我還是拚命地尋找可行的方法。

雖然過程中我的確也犯了錯，也經歷錯中學的階段，而且有時候我覺得自己好像進步了，又感覺好像變得一團糟，但是「我絕不放棄的決心」卻從未動搖。

真正的語言學習者該維持一輩子的習慣

獨自賽跑的時間轉眼已經過了二十年，超過好幾倍在學校學習的時間。在那漫長的歲月裡，我身邊不可能總是有好老師，也沒有人在一旁嘮叨我要繼續念書，這完全是我自己的選擇和努力的結果，是我和自己的約定。

結束100天挑戰的各位眼前正擺著新的起點。該怎麼做才不會厭煩，且能成功地繼續磨練自己的實力呢？為了從現在起即將真正展開競賽的讀者，我將分享幾個我正在實踐的「真正的語言學習者該維持一輩子的習慣」。

1. 設定和實踐每天「一定要做一件和外語學習相關的事」的目標

外語學習應該生活化，抱持著一天的生活中沒有外語，就等於少一天的想法很重要。連已經能以高級程度使用好幾種外語的人，為了不讓舌頭和腦袋生鏽，為了保持實力，都在更新單字或持續接觸外語內容，付出相當大的努力，更何況現在才正要開始自學的人，就更應該每天學習外語，和外語熟起來才是。

因為只看長期目標可能會累，所以就當作要展開新的100天，然後著手計畫，逐一實踐也是個好方法。哪怕一天只花一個小時（若低於一個小時，說真的不太夠），平均分配給聽說讀寫四種領域，以自己的風格貫徹計畫，最重要的是，我希望大家都能選擇讓自己保持心情愉快的方法來努力實踐。

2. 找到最適合自己的讀書訣竅，或慢慢打造專屬自己的讀書法

無論寫得再怎麼優秀的書，都不比「我自己的筆記法」「我自己的讀書法」「我自己的實力檢測法」等按照自己的取向所整理的方法。即使是再厲害的語言高手提議的學習法，如果自己的腦袋不買單也沒用，而且即使是再詭異的方法，只要能幫到自己就是好方法。

例如我前面提到的語言達人亞歷山大・阿格勒斯，他因為走在戶外能幫助記憶，所以就像瘋子一樣自言自語地在公園內一邊走來走去，一邊學外語。他的樣子有拍成影片上傳到YouTube，看起來真的很荒謬。雖然他本人未多加說明為什麼這個方法有效，但是我認為只要有幫助，似乎也不成問題。

即使邏輯上無法證明，但是不知道為什麼這個學習法就是讓我感到舒服，這個教材就是讓我念起來毫無阻礙，這個筆記法一下子就能抓著我的眼球，只要認真念書，自然而然就會發現這些事，而且也會產生讓自己發揮創意，創造出新的讀書祕訣。因此，大家都需要有智慧，懂得堅持使用適合的學習法。

3. 養成用外語思考的習慣

長大後，在學外語時，如果方法不對，母語可能會成為最大的絆腳石。大部分的學習者面臨的都是「要如何擺脫熟悉又方便的母語呢？」「該怎麼做才不會被母語的框架給局限呢？」「該怎麼做才能省略用母語思考然後再翻譯的過程呢？」這類煩惱。

其中「用非母語的外語思考」真的不簡單，不過也並非不可能。如果再回想一次前面我提過的內容，還有這些方法。將生活中使用介面的語言設定改成正在學習的外語，養成用外語自言自語的習慣，使用英英字典／西英字典等只有外語的字典，只要聽到外語就無條件跟著唸，不要執著於單字的意思，但要努力理解整體內容的脈絡等。

因為不是每個人都能一夜之間就懂得用外語對大腦下命令，所以雖然需要長時間的訓練和耐心，但還是能達到某種程度的效果。因為這不是刻意去做就能一下子成功，所以與其讓自己充滿壓力，不如把這件事當成一場長期抗戰，反覆進行各種訓練比較重要。

學語言是一件需要不斷保持好奇心、關注，還有喜愛之情的事。大家只要想想在家裡養寵物或植物時的心情，就能馬上理解。

像是昨天貓咪還不會這樣，今天怎麼就發出奇怪的聲音來，或是在牠成長的過程中換了毛色，又或者明明長得好好的植物，怎麼看起來很缺水，原來是長了一片嫩葉啊。通常我們在養寵物或植物時，都會密切觀察他們，思考事情發生的原因，付出我們的關注，並誠心誠意地照顧他們，而我指的就是遇到這些時候的心情。

所以學外語時，我們也可以抱持著像是每天給寵物們一點關愛，餵貓咪吃飯、幫植物澆水、讓他們曬太陽的心情，對自己拋出類似「為什麼會這樣表達呢？」「這個單字的語源是什麼呢？」「這句話用那個外語怎麼說呢？」「這個語言的形容詞如此發達，背後的背景是什麼呢？」的疑問，讓自己能夠維持對外語的好奇心和喜愛之情真的很重要。

語言學習本身就該是件愉快的事，這樣學習者才會持續對語言感到怦然心動。雖然大家可能會反問，要如何強迫自己產生並延續對外語的好奇心、關注和喜愛之情呢？這件事會因努力而異。當火光漸弱，迸出的火花消失之際，我們要做的不是兩手一攤，而是一人拿一支小根的木柴往火裡丟，讓火焰重新燃燒即可。而那些小根的木柴是什麼，就交給大家自行翻閱前半本書，以我提出的學習法和點子為基礎來思考。

如果說第一個一百天初期的賽跑，是為了占據有利的位置而全力疾走的時期，那麼現在的關鍵是該如何調整步伐，才能不倦怠，跑得更久。由於這是一場絕對非短期就能分出勝負的比賽，所以重要的是必須調整好呼吸，小心別讓雙腿無力，同時即使遇到困難也不輕言放棄，努力撐下去。從現在起才是真正的競賽。我會激動地為衝破起跑線的大家加油，雖然這場競賽需耗時一生，但是它一定會帶給大家大大小小的喜悅和價值。

02 克服高原期的最佳方法

學外語的人應該都有經歷高原期的時候，而且它不會一次就結束，而是很多次，可以說是定期找上門吧。這件事無論是誰，就算自認為是語言天才，或是精通數十個語言的超級多語達人也毫無例外。

因此大家絕對不可以自責「我是怎麼回事？」，因為高原期就像是外語學習者的宿命，不分你我，任何人都會經歷。我也很清楚處於高原期時的茫然和焦慮，我也曾因為忙碌的生活而忽略讀書，於是它就會再次找上門。如果現在才正要開始學外語的人，應該會好一陣子覺得很難擺脫這種定期來敲門的折磨。

學外語很辛苦，因為忘得快，所以需要永無止境地自我鞭策。如果想在這辛苦的抗戰中成為勝利者，絕對不可以把現在面臨的高原期當作既難受又沉重的包袱，必須盡量以正面積極的心態來享受。

「享受高原期？」

雖然聽起來不合理，但這件事會因觀點而異。即使實在無法享受，遇到高原期還是得有智慧地克服。或許這麼說會為大家帶來一點希望，就是只要能好好戰勝學語言的高原期，這反而會是一個轉機，讓實力大躍進。簡單來說，高原期也可能是轉禍為福的機會。對於能發揮機智和耐心的人來說，這一點也不可怕。

此外，學外語的過程中還有無數被稱作高原期可能有些曖昧的無數難關，有時候以為自己正在突飛猛進，可是卻突然又趨緩，或好像走進一條死巷而感到茫然，只要是學外語的人都曾經經歷過這些時刻。這時候能夠幫大家挺起肩膀，拍拍背，給予鼓勵的人只有自己。即使有好老師、父母或兄弟姊妹為你加油，學外語終究還是一場自我抗爭，所以我們也應該學會為自己增添動力的方法。

如果大家問我為什麼突然發出這麼多可怕的警告，這是因為我很清楚，正在看這本書的讀者總有一天也毫無疑問會經歷這些事。如果在遇到這些難受的事之前，能夠先有心理準備或許會好一點，我也想分享能夠幫助大家稍微無痛度過難關的智慧。我身為比大家早參賽，至今仍馳騁在「外語學習」這條軌道上的前輩，現在我就來一一分享當遇到高原期或卡關時，能夠保持平常心，振作起來的訣竅。

1. 再次回想實力會以階梯式成長一事

前面我有提過語言學習的特徵是「階梯式成長」，所以即使大家感到進步的速度停止或退步也不要慌張。我之所以再次提起，是因為很多人在遇到高原期時，都會忘記這件事。

我大學時期當過很多次英語家教，在成為主播前也有一份隱藏履歷，就是在高中和補習班當英語講師。在我學外語和教外語的這三十年來，我遇到的外語學習者似乎都像說好了一樣，每當卡關時都會把這件事忘得一乾二淨。

這個原理就等同於游泳時突然感到慌張，即使有雙腳可及之處，還是會在水中掙扎而喝上好幾口水。明明腦袋又不像弄丟記憶卡一樣，一夜之間被清空，可是大部分的人還是會因此陷入恐慌。這時我希望大家再次回想「外語的階梯式成長原理」，讓自己的心冷靜下來。還有請大家務必謹記在心，高原期不是停止不動，而是走在平坦的路上，甚至還可能還會走下坡，但是只要繼續走，不久就會看到下一個階梯在等著大家。

2. 改變學習的環境、時段或資料等

如果總是在家裡念書，可以轉移陣地到家裡附近的圖書館，或view很好的咖啡廳也是一種方法。而週末帶著去旅行的心情，拿著書或筆電去近郊念書也有助於轉換心情。

也可以試著改變一成不變的行程。如果平常主要是早上念單字，晚上訓練聽力或口說，那麼可以將兩者的順序對調，或更改每天的任務。更新學習教材，或是收看之前從未嘗試過的影片資料，當作一種挑戰也行。

如果不管怎麼改變都沒用，就帶著休息一週的心情，去電影院欣賞一部外語電影，或者聽外語歌曲賞析歌詞，以此取代讀書計畫也沒關係。只要將與外語相關的活動，從平常的生活安排中做一點不一樣的嘗試，不管是哪種方法都好。只是大家也別忘了，休息不代表完全撒手不管哦。

3. 想像達標時的美好未來

人類身心靈的連結很驚人，有些事會隨著我們在腦海中如何刻劃，而讓它從不可

能變成可能。接下來我要分享的事件雖然和外語無關，可是很有趣。

這是我還在KBS電視台工作時所發生的事。一位有名的製作人在製作一檔時事報導節目時，為了了解人類的大腦思考對身體有多強烈的支配能力，於是進行了多少有些荒唐的實驗。他隱瞞節目的名稱和製作意圖，發出牛奶公司要舉辦新品測試活動的公告，將參加者齊聚一堂，然後分給大家號稱是新開發的牛奶試喝品，要求參加者按順序喝下好幾杯牛奶。而參加者每一杯都很用心品嚐，提出各式各樣的意見。

接著十位參加者中，突然有三位說肚子不舒服而嘔吐昏厥，剩下的參加者也跟著大受影響。於是主辦單位在場面一片混亂中結束活動，倉皇地把參加者送走，然而暈倒的三個人其實是製作單位事前請來的演員。實際上他們並未真的出事，只是認真地演戲而已。

而其餘毫不知情的參加者帶著不安的心情離開現場，幾天後其中一位聯絡了製作人。他抗議因為喝了品質不良的牛奶，全身起疹子還出現食物中毒的症狀，就算接受醫院的治療也不見好轉，質問製作人要怎麼負責。於是製作人和那位女性參加者見面，將事情自始至終如實以告，並且向她道歉，可是那位參加者一聽到並非牛奶的問題，全都只是編出來的腳本，霎時間她身上的疹子都消失了，而這一幕也被攝影機拍下，即使雙眼所見還是難以置信。

透過這起實驗，證明人類的身體會被精神所支配，而這也告訴我們一件重要的事情。只要我們的大腦下命令，即使是一件非常理或非科學能說明的事也可能會發生。我們的大腦比想像中單純，會根據我們給的暗示施展魔法。只要好好利用這點，將能夠幫助我們脫離高原期。

「我可以的」「這算不了什麼」「我一定能克服」「我只是暫時需要休息而已」，如果有意識地帶著這些想法，我們的大腦就會把這些當成既定事實。如果更進一步持續想像自己瀟灑地說著外語主持會議，或旅遊的時候交到朋友的樣子，就真的能讓我們的實力快速進步。這個方法也被用在心理治療上，因為一定有效，所以希望大家都能嘗試看看！

在同樣的脈絡下，有件事也請大家千萬不要做。就是絕對不要帶著「為什麼我什麼都做不好？」「我沒有學外語的天分」這類負面的想法！要用「我是語言達人」「這樣已經做得很好了」這類想法取代，同時控制心智。

4. 為自己找到外部刺激

學外語的過程中，即使是意志堅定的人，也會有倦怠和想放棄的時候。每個人都會有意志薄弱的時候，可是這時千萬不要放空地等別人來刺激自己，雖然的確需要外部的刺激，可是必須自己主動尋找。

這裡可以舉學伴當作例子。自學很容易找藉口拖延或放棄，這時候如果有人能一起念書，就可以降低這些事情發生的機率。還有報名考試也是個方法。不過這麼做不是為了取得什麼了不起的證照或考出眾人認可的成績，而是立一個中間檢測的標竿，可以參加線上的模擬考試，或利用題庫自我測驗，而定期測驗也能再次為自己帶來動力和刺激。或是參加外語讀書會或討論會，也可以找家教，拜託老師嚴格地盯著自己也是一種方法。只要有心，就一定能找到出路。

5. 回想自己的學習初衷

如果一直往前衝，很常會忘記自己是從哪裡出發的。所以當自己進入高原期，就會有種走投無路的感覺，崩潰地自我懷疑，當初自己為什麼要這麼辛苦地念書，原本心中懷抱的火花，也會跟著熄滅。

這時為了讓心中的火花重新燃起，最有效的方法就是在自己的回憶中尋找當初是因為什麼契機、帶著什麼目標、想獲得何種喜悅、想達成什麼夢想而開始學外語。所以大家可以試著以「一開始挑戰學外語的理由」為主題，寫成一篇文章或拍成一支影片，當念書念累了，就可以拿出來看。

以上就是我覺得有助於克服高原期，以及帶給自己動力的方法。除了這些方法之外，大家還可以找到很多不同的方法來嘗試。就像以學習法來說，創造自己的專屬祕訣，過程很重要，面對高原期的態度也一樣，如果能參考其他人的案例，想出「自己的專屬克服法」更好。畢竟我們不是機器，絕不可能靠公式就解決所有的問題。每個人都需要這份智慧，透過自我觀察，找到最佳方法來克服危機。

重點是無論是稍微走回頭路或休息，都還是要堅持朝著自己想去的方向走下去。大家絕對不能忘記，自己是最可靠的援軍，當感到辛苦疲憊的時候，只有自己能讓自己重新站起來。只要不放棄，就一定能走到目的地。躲不過，就享受！這就是在一刻也不得閒的「外語學習」競賽中生存下來的祕訣。

03 即使ＡＩ翻譯出現也得繼續學外語的原因

最近電影裡的事被搬到實際生活中來，我們可以切身感受到想像中的未來離我們更近了。甚至當我們的生活越來越方便，連工作會被搶走，人類會被ＡＩ統治的憂慮也出現了。同時，這個問題也成了世界熱議的話題。

「ＡＩ真的能取代人類嗎？」

對語言格外關注和熱情的我也非常好奇：

「如果ＡＩ翻譯機問世，那麼我們就可以不用學外語了嗎？」

隨著交通工具和技術發達，地球早已成為一日生活圈。外語不只局限於表達個人情感和溝通，在國際貿易、文化交流、和平協商等方面也扮演重要的角色。現在環遊世界就像進出鄰居家一樣，在教育上，只要解決語言問題，國境就等於不存在。可是人類的科技日新月異，這一切真的只靠ＡＩ就能解決嗎？

利用人工智慧，機器取代口譯、翻譯的日子將至。早在六十多年前，這種言論就已經出現了。當然，這段期間多虧日益發達的技術，翻譯機的翻譯已經比草創期還要更自然，而我們也見證了它的活躍。

以Google翻譯來說，利用演算法和統計，可以讓輸入的文字翻譯水平更上一層樓，而且甚至還可以用相機功能來翻譯。雖然並不完美，但是在國外旅行時，看著菜單上陌生的字母，只要用相機拍攝，Google就能翻譯。另外，幾年前奈及利亞的某ＩＴ企業家還做出了一件創舉，推出支援非洲兩千多個地區語言翻譯的劃時代ＡＩ平台OBTranslate。

但是隨著這些驚人的成果問世，機器翻譯的關鍵性問題和極限也因而暴露，同時也出現越來越多「看來機器代替人類翻譯這個夢想，似乎在遙遠的未來才能實現」這樣悲觀的見解。

出國旅遊時，辦入境手續或點餐等，現在都已經可以使用翻譯機輔助。而像技術領域方面，只要知道專業用語，直譯即可的文件翻譯等，使用ＡＩ更有效率。但是人與人之間的溝通，無論是個人關係，還是商業或外交的問題，始終有機器翻譯無法取代真人翻譯的問題。

這是因為人類的語言有這樣的功能和屬性，會隨人類的習慣系統，無限地創造出既新穎又具創意性的句子。由於人類的心理進化，所以能靈活生成和使用語言這個訊號，這也是人類和機器決定性的差異。也就是說，無論ＡＩ再怎麼發達，它也只能對被拆解的符號進行編碼或解碼後翻譯，無法將脈絡、合理性、比喻、嘲諷等深藏於內容之中的意義和語感翻譯出來。因此，我個人贊成人類靠ＡＩ完全擺脫學外語一事，絕不會這麼容易發生。

讀到這裡，大家的想法如何呢？讓我們一一來看，至少目前機器翻譯還無法取代人類翻譯的關鍵因素吧。

1. 用機器翻譯人類的想法有限

因為機器翻譯最適合將一個語言的單字轉換成另一種語言的對應單字，可是人類要的是「透過單字組合，傳達內含於句子中的想法」，所以兩者的差距甚遠。如果單純只靠單字替換，就想正確傳達我們的想法，效果極其有限。因為人類的想法會受其使用的語言所支配，而且語言不只受其文化背景的影響，還有日積月累的改變和進化。

也就是說，因為每個語言都有其誕生和發展至今的文化、歷史背景，所以當單純只用機器轉換時，就會很常遇到各文化圈之間，文字相同，可是想傳達的意義和感覺卻截然不同的狀況。因此，由於語言濃縮各式各樣的社會和文化要素，所以ＡＩ絕不可能把被語言支配的人類思想完美地翻譯出來。而機器翻譯該如何克服這項盲點，解決方案至今仍處於五里霧中。

2. 機器沒有看清內容脈絡的能力

有人說轉換兩種語言幫助溝通時，必須超越每個單字的意思，掌握句子乃至整體對話的脈絡再來傳達內容，這件事很重要。韓語不是也有句俗諺要人注意用字遣詞嗎？如果誤會整體內容的脈絡，而誤用一個單字，就有可能導致極端的後果。

還有如果口譯是由人類進行，即使說話的人口誤，也能做到適當地以意譯的方式處理後面的句子，以免影響到內容的傳達。可是機器翻譯卻毫無應付這種情況的功能。簡單來說，內容要聽到最後才能知道真正的意思、話中有話的句子、需要靠前面說過的話來推測的內容等，只有人類才能正確地傳達。

3. 機器無法將感情傳達給對方

憤怒、失望、悲傷、難過、悸動這些人類的感情可以透過獨特的聲音、語調或表情等來傳達，可是這點機器翻譯做不到。用什麼語氣來傳達何種情感，很多時候比文字還重要，無論技術再怎麼發達，機器人真的能傳達這些感覺嗎？這點很難讓人不疑惑。

我認為機器無法取代人類的另一個關鍵就是缺乏幽默感。沒有幽默感不僅無法傳達好笑的故事，像包含譬喻的表達方式或反諷語感等句子，機器也只會按字面替換單字來翻譯，絕不可能傳達出背後的真意。因此，最終我們可以獲得一個結論，就是只有人類才能傳達像具有文學性和詩意的表達方式。雖然我也看過安裝人工智慧的機器人畫畫和寫小說的新聞，但究竟機器人能創作出多具創意性和藝術性的作品，且是否能為我們帶來感動都還是未知數。

4. 有「同音異字」的翻譯問題和「無法翻譯的單字」

例如韓語的「말」（mal）這個單字，英語該翻成「word」還是「horse」，機器該如何判斷呢？此外，如果以第一個意思來解釋「말」（mal），根據上下文或當下的情況，英語可以翻成 word、language、speech、tongue、talk 等各種單字，但應該要選擇哪一個單字，對機器來說，要看內建的程式，選擇並不容易。

還有，某個語言中的單字可能不存在於另一個語言之中，所以有時候必須說得很冗長，才能勉強推敲出該單字的意思。而這點也是機器翻譯無法補起來的洞。

例如巴西使用的葡萄牙語中有「cafune」這個單字，這個字的意思是「將手指插入心愛的人的頭髮中，溫柔地來回移動的行為」，那該如何翻譯呢？德語也有「honigkuchenpferd」這個單字，如果用機器翻譯，會翻成「長得像馬的蜂蜜蛋糕」，但這個字真正的意思是「臉上帶著燦爛到實在無法掩飾或抹去的笑容」。而西班牙語的「sobremesa」可以直譯為「桌上」，但實際上的意思是用完餐後仍一起喝酒或茶，一起共度時光的意思。

還有跟感情有所連結，更微妙的單字。像泰語有個單字叫做「grengjai」（擔心），它的意思是「有人想為你做什麼事，可是你知道他一定會因此感到痛苦，所以你在心裡希望他不要感到痛苦所產生的情緒」。

我認為這些單字機器根本就翻不出來，我這麼說有人會反對嗎？正如韓語的「정」（情）或「한」（恨），要在外語中找到能精準描述這兩種感覺的單字根本難如登天。因此的確有機器根本無法翻譯的單字或表達方式。

5. 不可能即時更新新技術和新詞

利用技術溝通的極限和世界變化的速度太快有關。每天都有數不清的新技術和新詞在世界各地被創造出來，絕對不可能馬上就更新這些資訊。

即使人工智慧再進步，機器翻譯最終只有在人類輸入數據，編寫程式，再分享到全世界時才有可能。可是地球上有將近七千個語言，即使只挑選其中使用廣泛的主要語言輸入，那即時更新的速度又能快到什麼程度呢？顯然這當中一定存在著無法跨越的障礙和極限。

語言學家諾姆．杭士基（Avram Noam Chomsky）曾主張：「人類的大腦有一種為了習得語言的裝置（ＬＡＤ，Language Acquisition Device），人類出生就具備普遍文法。」所有的語言都有類似的文法系統，也就是說毫無例外地都具備主詞、動詞、形容詞等基本形態，只差在以何種方式排列和變形。

根據他的理論，語言習得是一種某程度上在一定的框架內，學習各語言如何組織句子的特性或差異的過程。因此，也就是說比起被文法形式局限，更應該把重點擺在傳達時包含了什麼想法和概念。

「語言的本質」是為了人與人之間的溝通所存在的工具，再進一步延伸到公司、區域社會、國家之間的交流、理解和共鳴等。然而究竟技術要多發達，需要什麼系統，機器才能準確傳達人類複雜且深沉的情感和想法呢？可惜的是，目前的答案應該還是「很難說時機會落在何時，也無法保證是否會成功」。當然關於用ＡＩ翻譯的各種研究將會持續進行，或許的確會發明出劃時代的技術也說不定，但相反地，也不能排除永遠都沒有結論的可能性。

但是無論我們會面臨什麼樣的未來，都有一個不變的真理，就是人類的語言仍然會隨世界的變化而進化，而且人類也必須透過溝通和人與人之間的連結來生活和發展。因此，在迎接全球化時代的世界裡，想透過和他人締結關係來達到自我成長，習得外語和使用外語的能力就非常重要。

如果從這個意義來看，拿起這本書的各位可說是做了明智的選擇。因為盡情享受誕生在地球這顆行星後被賦予活在這個世界上的「人生」，最好的方法就是學外語，拓展自己的人生舞台！而且如果能越早學越好！

附錄

讓實踐變簡單的 100天讀書計畫表

請寫下必須執行的學習項目。

今天的目標

日期

聽力	目標時間	確認
滿意度	學習時間	

口說	目標時間	確認
滿意度	學習時間	

閱讀	目標時間	確認
滿意度	學習時間	

寫作	目標時間	確認
滿意度	學習時間	

其他（文法、字彙等）	目標時間	確認
滿意度	學習時間	

	10	20	30	40	50	60
01						
02						
03						
04						
05						
06						
07						
08						
09						
10						
11						
12						
13						
14						
15						
16						
17						
18						
19						
20						
21						
22						
23						
24						

使用時間軸的方法

❶ 直的數字是幾點，橫的數字是分鐘數。

❷ 請按照學習時間來標示。

筆記

◆ 請利用適合自己的範本持續實踐。

今天的目標	日期

聽力	目標時間	確認
滿意度	學習時間	

口說	目標時間	確認
滿意度	學習時間	

閱讀	目標時間	確認
滿意度	學習時間	

寫作	目標時間	確認
滿意度	學習時間	

其他（文法、字彙等）	目標時間	確認
滿意度	學習時間	

	10	20	30	40	50	60
01						
02						
03						
04						
05						
06						
07						
08						
09						
10						
11						
12						
13						
14						
15						
16						
17						
18						
19						
20						
21						
22						
23						
24						

使用時間軸的方法
❶ 直的數字是幾點，橫的數字是分鐘數。
❷ 請按照學習時間來標示。

筆記

第 3 階段｜獨自練習

61	62	63	64	65
66	67	68	69	70
71	72	73	74	75
76	77	78	79	80
81	82	83	84	85
86	87	88	89	90

筆記

集中征服自己的弱點

91	92	93	94	95
96	97	98	99	100

筆記

請寫下必須執行的學習項目。

第 1 階段｜打基礎

01	02	03	04	05
06	07	08	09	10
11	12	13	14	15
16	17	18	19	20
21	22	23	24	25
26	27	28	29	30

筆記

每次執行就在圈圈裡做記號。

第 2 階段｜培養實力

31	32	33	34	35
36	37	38	39	40
41	42	43	44	45
46	47	48	49	50
51	52	53	54	55
56	57	58	59	60

筆記

第 1 階段

第 1 天 ○○○○	第 2 天 ○○○○	第 3 天 ○○○○	第 4 天 ○○○○	第 5 天 ○○○○
第 6 天 ○○○○	第 7 天 ○○○○	第 8 天 ○○○○	第 9 天 ○○○○	第 10 天 ○○○○
第 11 天 ○○○○	第 12 天 ○○○○	第 13 天 ○○○○	第 14 天 ○○○○	第 15 天 ○○○○
第 16 天 ○○○○	第 17 天 ○○○○	第 18 天 ○○○○	第 19 天 ○○○○	第 20 天 ○○○○
第 21 天 ○○○○	第 22 天 ○○○○	第 23 天 ○○○○	第 24 天 ○○○○	第 25 天 ○○○○
第 26 天 ○○○○	第 27 天 ○○○○	第 28 天 ○○○○	第 29 天 ○○○○	第 30 天 ○○○○

第 2 階段

第 31 天 ○○○○	第 32 天 ○○○○	第 33 天 ○○○○	第 34 天 ○○○○	第 35 天 ○○○○
第 36 天 ○○○○	第 37 天 ○○○○	第 38 天 ○○○○	第 39 天 ○○○○	第 40 天 ○○○○
第 41 天 ○○○○	第 42 天 ○○○○	第 43 天 ○○○○	第 44 天 ○○○○	第 45 天 ○○○○
第 46 天 ○○○○	第 47 天 ○○○○	第 48 天 ○○○○	第 49 天 ○○○○	第 50 天 ○○○○
第 51 天 ○○○○	第 52 天 ○○○○	第 53 天 ○○○○	第 54 天 ○○○○	第 55 天 ○○○○
第 56 天 ○○○○	第 57 天 ○○○○	第 58 天 ○○○○	第 59 天 ○○○○	第 60 天 ○○○○

第 3 階段

第 61 天 ○○○○	第 62 天 ○○○○	第 63 天 ○○○○	第 64 天 ○○○○	第 65 天 ○○○○
第 66 天 ○○○○	第 67 天 ○○○○	第 68 天 ○○○○	第 69 天 ○○○○	第 70 天 ○○○○
第 71 天 ○○○○	第 72 天 ○○○○	第 73 天 ○○○○	第 74 天 ○○○○	第 75 天 ○○○○
第 76 天 ○○○○	第 77 天 ○○○○	第 78 天 ○○○○	第 79 天 ○○○○	第 80 天 ○○○○
第 81 天 ○○○○	第 82 天 ○○○○	第 83 天 ○○○○	第 84 天 ○○○○	第 85 天 ○○○○
第 86 天 ○○○○	第 87 天 ○○○○	第 88 天 ○○○○	第 89 天 ○○○○	第 90 天 ○○○○

第 4 階段

第 91 天 ○○○○	第 92 天 ○○○○	第 93 天 ○○○○	第 94 天 ○○○○	第 95 天 ○○○○
第 96 天 ○○○○	第 97 天 ○○○○	第 98 天 ○○○○	第 99 天 ○○○○	第100天 ○○○○

100 天完成！

請寫下必須執行的學習項目。

每當進行聽說讀寫各領域的訓練，
就在圈圈裡做記號。

第 1 階段

第 1 天 ○○○○	第 2 天 ○○○○	第 3 天 ○○○○	第 4 天 ○○○○	第 5 天 ○○○○
第 6 天 ○○○○	第 7 天 ○○○○	第 8 天 ○○○○	第 9 天 ○○○○	第 10 天 ○○○○
第 11 天 ○○○○	第 12 天 ○○○○	第 13 天 ○○○○	第 14 天 ○○○○	第 15 天 ○○○○
第 16 天 ○○○○	第 17 天 ○○○○	第 18 天 ○○○○	第 19 天 ○○○○	第 20 天 ○○○○
第 21 天 ○○○○	第 22 天 ○○○○	第 23 天 ○○○○	第 24 天 ○○○○	第 25 天 ○○○○
第 26 天 ○○○○	第 27 天 ○○○○	第 28 天 ○○○○	第 29 天 ○○○○	第 30 天 ○○○○

第 2 階段

第 31 天 ○○○○	第 32 天 ○○○○	第 33 天 ○○○○	第 34 天 ○○○○	第 35 天 ○○○○
第 36 天 ○○○○	第 37 天 ○○○○	第 38 天 ○○○○	第 39 天 ○○○○	第 40 天 ○○○○
第 41 天 ○○○○	第 42 天 ○○○○	第 43 天 ○○○○	第 44 天 ○○○○	第 45 天 ○○○○
第 46 天 ○○○○	第 47 天 ○○○○	第 48 天 ○○○○	第 49 天 ○○○○	第 50 天 ○○○○
第 51 天 ○○○○	第 52 天 ○○○○	第 53 天 ○○○○	第 54 天 ○○○○	第 55 天 ○○○○
第 56 天 ○○○○	第 57 天 ○○○○	第 58 天 ○○○○	第 59 天 ○○○○	第 60 天 ○○○○

第 3 階段

第 61 天 ○○○○	第 62 天 ○○○○	第 63 天 ○○○○	第 64 天 ○○○○	第 65 天 ○○○○
第 66 天 ○○○○	第 67 天 ○○○○	第 68 天 ○○○○	第 69 天 ○○○○	第 70 天 ○○○○
第 71 天 ○○○○	第 72 天 ○○○○	第 73 天 ○○○○	第 74 天 ○○○○	第 75 天 ○○○○
第 76 天 ○○○○	第 77 天 ○○○○	第 78 天 ○○○○	第 79 天 ○○○○	第 80 天 ○○○○
第 81 天 ○○○○	第 82 天 ○○○○	第 83 天 ○○○○	第 84 天 ○○○○	第 85 天 ○○○○
第 86 天 ○○○○	第 87 天 ○○○○	第 88 天 ○○○○	第 89 天 ○○○○	第 90 天 ○○○○

第 4 階段

第 91 天 ○○○○	第 92 天 ○○○○	第 93 天 ○○○○	第 94 天 ○○○○	第 95 天 ○○○○
第 96 天 ○○○○	第 97 天 ○○○○	第 98 天 ○○○○	第 99 天 ○○○○	第 100 天 ○○○○

100 天完成！

延伸閱讀★用外語打開自己的世界之窗

系列突破
100000 本激勵人生版

《給自己的 10 堂外語課：這是突破人生限制的希望之鑰》

褚士瑩◎著

不學語言，簡直浪費人生！
語言是認識世界的方式，幾種語言，幾種生活風格；
10 堂外語課，是這個世界送給你的大禮物！

他來回滇緬公路，靠單字卡學緬甸語，跟加油站工人、司機聊天；
他申請開羅大學，用阿拉伯語旅行；
他跟值夜班守衛學維吾爾語，半夜上課，發揮創意自己變通；
航海兩個月，每分每秒泡在西班牙文的環境，一有機會就跟每個人說話……

你說他是語言天才？他有學習天賦？他聰明 IQ 高？
答案都是錯錯錯！他說，只是靠學語言養成了學習的習慣！
而且每多學一種，世界無形中擴充了一倍又一倍……

如果沒有世界觀，學外語也不會讓人幸福快樂。
來吧，重新思考你的學習計畫！
要讓這輩子一直無聊浪費下去？還是趕快用語言來跟世界握握手？

延伸閱讀★多語達人吳鳳的四個人生

《語言是活的：吳鳳寫給你的第一堂外語課》

吳鳳◎著

如何打開天窗說外語？
吳鳳創造一個新鮮的學習概念：語言是活的！
像鍛鍊肌肉一樣，像訓練核心一樣，語言之神自然降臨

「一個語言一個人生，兩個語言兩個人生。」
因為爸爸的一句話，吳鳳同時擁有操作四國語言的能力，
母語土耳其語，英語，德語，華語。

他不死背、不怕講錯，就算講錯了也不是世界末日，從錯誤中學得更快。
16 歲去飯店、郵輪實習，完全投入自己的興趣，選擇最喜歡的旅遊業，
一邊工作一邊磨練外語實力，樂觀開朗和世界各地的外國人交朋友，
越陌生的環境，他越勇敢去闖，去挑戰。

這一堂課是改變吳鳳生命的魔法師，因為外語能力讓他實現獨特的自我價值；
現在他已經進入第四個「中文人生」，
如果你還在自卑自己的外語能力，這一堂課會不知不覺點燃你的學習動力，
創造你的自信之路，GO ！

Creative 182

最高外語學習法：
用100天3階段，打造出專屬你的語言上手體質

填回函雙重禮
①立即送購書優惠券
②抽獎小禮物

作　　者｜孫美娜
譯　　者｜曾晏詩

出 版 者｜大田出版有限公司
台北市一〇四四五中山北路二段二十六巷二號二樓
E-mail｜titan@morningstar.com.tw http://www.titan3.com.tw
編輯部專線｜（02）2562-1383 傳真：（02）2581-8761

總 編 輯｜莊培園
副總編輯｜蔡鳳儀
行政編輯｜楊雅涵／鄭鈺澐
校　　對｜黃素芬／曾晏詩
內頁美術｜陳柔含

初　　刷｜二〇二三年二月一日　定價：三九〇元

網路書店｜http://www.morningstar.com.tw（晨星網路書店）
TEL：（04）23595819 FAX：（04）23595493
購書 Email｜service@morningstar.com.tw
郵政劃撥｜15060393（知己圖書股份有限公司）
印　　刷｜上好印刷股份有限公司
國際書碼｜978-986-179-777-9 CIP：800.3/111017140

國家圖書館出版品預行編目資料

最高外語學習法：用100天3階段，打造出專屬你的語言上手體質／孫美娜著；曾晏詩譯．——初版——台北市：大田，2023.2
面；公分．——（Creative；182）

ISBN 978-986-179-777-9（平裝）

800.3　　111017140

法律顧問：陳思成